도망병과 힙스터

도망병과 힙스터

소설로 보는 한국사회 70년

발행일 초판1쇄 2021년 11월 30일 | **지은이** 문화

펴낸곳 북튜브 | **펴낸이** 김현경 | **편집인** 박순기 | **주소** 서울시 종로구 사직로8길 24 1221호(내수동, 경희궁의
아침 2단지) | **전화** 02-739-9918 | **팩스** 070-4850-8883 | **이메일** booktube0901@gmail.com

ISBN 979-11-92128-02-3 03800

이 책은 한국출판문화산업진흥원의 '2021년 인문 교육 콘텐츠 개발 지원' 사업을 통해 발간된 도서입니다.

튜브 책으로 만나는 인문학강의 세상
북튜브는 북드라망의 강의-책 브랜드입니다.

소설로 보는
한국사회
70년

도망병과 힙스터

문화
—
지음

Booktube
북튜브

머리말

소설을 읽고 감상하는 방법은 여러 가지가 있겠으나, 이 책은 소설을 통해 그 작품이 생산된 시대적 맥락을 이해하는 데 주목했습니다. 문학 작품은 모두 한 시대의 산물이고, 특히 소설은 시대를 반영하지 않을 수 없는 장르입니다. 그렇기 때문에 소설을 잘 이해하기 위해서는 시대를 염두에 두면서 작품을 읽는 것이 중요하고, 역으로 소설을 통해 그 작품이 쓰여진 당대의 사회적·문화적 흐름을 읽는 일도 가능하겠지요. 이 책은 이러한 문제의식하에서 손창섭부터 김사과까지, 한국사회의 변화를 작품으로 보여 준 일곱 명의 작가들을 통해 소설과 시대를 연결지어 해석해 보고자 시도했습니다. 특히 문학과는 동떨어진 것으로 생각하기 쉬운 한국사회의 경제적 변화가 작품에 어떤 영향을 끼치고, 작품은 그러한 변화를 어떻게 반영했는지를 살피는 데 주력했습니다.

이렇게 소설과 시대를 연결지어 분석하는 작업을 하면서, 각 시대의 전형이 되는 인물형을 발견할 수 있었습니다. 이 책의 제목이기도 한 '도망병'과 '힙스터'는 바로 각각 1950년대와 2000년대를 대표하는 인물 유형입니다. '도망병'이라는 말은 손창섭의 소설에 등장하는 대부분의 인물들이 포로수용소 출신이거나, 전시 대학에 입학하는 식으로 군대를 기피하는 등, 대다수가 병역 문제와 관련이 있다는 점에 착안했습니다. 징집을 피해 도망다니는 일은 비단 전쟁 중의 문제만이 아닙니다. 휴전이 되고 분단이 공고해지면서 도망병은 어디에도 속하지 못한 채 계속해서 떳떳하지 못한 상태로 살아가게 됩니다. 그리고 이 떳떳하지 못한 도망병들은 「잉여인간」의 채익준식으로 울분을 터뜨리거나, 매사에 의욕 없는 기피형 인물로 살아갑니다.

'힙스터'는 김사과의 소설에 등장합니다. 원래는 주류 문화에 대항하는 반문화라는 저항의 의미가 있지만, 그런 의미는 사라진 지 오래입니다. 김사과의 소설은 힙스터 현상이 계속해서 새로운 유행을 만들지 않으면 안 되는 현상이 되었고 그리하여 보다 자본 친화적인 현상으로 바뀌었음을 보여 줍니다. 이러한 힙스터 현상은 후기 자본주의 이후 새로운 저항이 없어진 상황과도 연관지어 살필 수 있습니다. 저항보다는 새로운 유행과 쇼핑을 선택하고 거기에서 위안을 얻는 것이죠. 이것은 독일 출신의 경제학자 볼프강 슈트렉(Wolfgang Streck)이 말했듯이 일종의 '임기응변'입니다. 실제로 온갖 힐링 담론이 유행하고 '힙하다'라는 수식어가 붙은 상품들이 매일매일 등장하는 것을 보면 한국사회역시 저항보다는 새로운 임기응변으로 자본주의를 치료하고 있다고 할 수 있습니다.

이 책에서는 이렇게 1950년대의 도망병(손창섭)과 2000년대의 힙스터(김사과) 사이에서, 김승옥, 이청준, 황석영, 박완서, 신경숙의 대표작들을 분석했습니다. 그리고 이들의 작품을 통해 50년대의 도덕 붕괴와 속물성의 탄생(손창섭)부터, 순수의 파괴와 속된 세계로의 편입(김승옥), 고향과 자아의 망실(이청준), 도시화와 산업화의 그늘(황석영), 부동산 투기와 이산가족(박완서), 반성과 애도와 다른 세상에 대한 꿈(신경숙), 그리고 2000년대의 출구없음의 절망(김사과)까지. 각각의 시대가 한국인들에게 남긴 마음의 그늘을 다루면서 한국사회의 변천을 조망해 보고자 했습니다.

물론 현재의 한국사회가 형성되기까지의 궤적을 소설 작품들을 통해 적합하게 그려 내기 위해서는 보다 정교한 선들이 촘촘하게 채워져야 할 것이나, 우선 부족하게나마 투박한 선 몇 개를 그은 결과물이 이 단행본입니다. 이 책에서 다루고 있는 작품들은 각 작가의 대표작이면서도, 당대의 경제적·사회적 분위기를 상징하는 작품입니다. 하지만 특정 시대와의 연관성을 따져 작품을 선정해 다루다 보니, 시대를 읽기 위해 꼭 필요한 작가와 작품임에도 불구하고, 특정 시기에 국한하기가 어렵다는 점 때문에 다루지 못한 경우가 많았습니다. 또한 몇 편의 작품만으로 한 시대를 다룬다는 것에서 오는 한계와 아쉬움 또한 적지 않습니다. 이런 연구의 미흡함에도 불구하고, 이 책에서 다루는 소설들이 문학사적으로나 한국사회를 이해하는 데 있어서나 손꼽을 만큼 중요한 작품이라는 점만큼은 변함없는 사실일 것 같습니다. 아울러 이 책의 논의는 기존의 한국 소설 연구나 인문학적 성과에 빚지고 있는 대목도 많으나, 대중적인 강의를 목표로 정리하다 보니 각주를 최소화했다는 점도 밝히고자 합니다.

유례없는 팬데믹 기간을 이 단행본을 준비하면서 보냈습니다. 그동안 대학에서 강의를 시작했는데, 팬데믹으로 몇 주간 비대면 강의로 진행하다가 학기가 중반도 넘어선 11월에야 학생들과 직접 만나 수업을 할 수 있었습니다. 얼마 전에는 2학년이 된 학생으로부터 '대학 와서 처음으로 경험하는 대면 수업'이라는 내용의 메일을 받기도 했습니다. 이렇게 유례가 없는 팬데믹이 이후 한국사회에 어떤 영향을 끼치게 될지, 그리고 문학은 이 시대를 어떤 눈으로 바라보고 해석해 낼지 잘 지켜봐야겠지요. 하지만 미래를 예상하는 것만큼이나 우리의 과거를 세심히 관찰하고 성찰하는 것 또한 지금의 위기를 헤쳐 나가기 위해 필요한 일이 아닐 수 없습니다. 그리고 그 한 가지 방법이 문학, 특히 소설이 바라보고 해석한 우리 과거의 그늘을 들추고 들여다보는 일이겠지요. 부디 이 책이 그러한 성찰의 길에 일조할 수 있기를 기대해 봅니다.

차례

잉여인간들의 전후(戰後) : 손창섭

1강 _ 잉여인간들의 전후(戰後) : 손창섭

1. 전후 문학의 대표 작가, 손창섭

안녕하세요. 이번 강의에서는 한국전쟁 직후인 1950년대의 경제적·사회적 상황을, 대표적인 전후 작가인 손창섭의 작품들을 통해 살펴보는 시간을 가지려 합니다. 1950년대, 전쟁이 끝난 뒤의 한국의 경제와 사회는 극도로 혼란스러운 상황이었습니다. 한국전쟁으로 수많은 사람들이 목숨을 잃거나 다친 것은 물론이고, 살아남은 사람들도 삶의 기반이 송두리째 사라진 가운데 물자 부족, 물가 인상 등 극심한 경제적 어려움을 겪을 수밖에 없었습니다.

이를 수습해야 할 이승만 정권은 전쟁으로 파괴된 경제

를 복구하는 데는 역부족이었습니다. 당시의 화폐개혁 실패는 이런 무능을 단적으로 보여 주는데요. 휴전 직후인 1953년 정부는 극심한 인플레이션을 잡겠다며 기습적으로 100원을 1환으로 변경하는 화폐개혁 조치를 시행했습니다. 하지만 결과적으로 물가를 잡는 데 실패했고, 제대로 준비하지 않고 화폐개혁을 단행한 탓에 오히려 물건의 품귀 현상이 심해지는 등 혼란과 부작용만 가중되었습니다.

손창섭의 미스터리한 개인사

손창섭(1922~2010)은 이렇게 혼란스러웠던 1950년대 한국 전후 문학을 대표하는 작가입니다. 그는 1952년 김동리의 추천으로 문단에 데뷔했습니다. 한국전쟁 중에 피난지 부산에서 생활하면서 등단을 한 것인데요. 손창섭은 이후 피난지 부산을 배경으로 한 「비 오는 날」, 「생활적」 등의 소설을 발표했습니다. 이 작품들 외에도 그의 대표작들은 거의가 1950년대에 발표한 단편소설들인데요. 1959년 제4회 동인문학상 수상작이기도 한 「잉여인간」도 그 중의 하나입니다. 1960년대에 들어서도 『부부』, 『인간교실』 등의 장편소설을 썼지만, 이전 작품에 비해 크게 주목받지는 못했습니다.

손창섭은 한동안 한국에서 잊혀진 작가였습니다. 1970

년대 초에 일본인 부인과 함께 일본으로 건너간 후 문단과 소식을 끊고 지냈기 때문인데요. 2010년이 되어서야 비로소 그가 일본 도쿄에서 살다가 세상을 떠났다는 소식이 전해졌습니다. 어째서 갑자기 일본으로 가서 우에노 마사루(上野昌涉)라는 이름으로 귀화하여 살았는지, 또 일본에서는 어떻게 지낸 것인지 분명하지 않은 부분이 많습니다. 다만 그에게는 원래 대인기피 증상이 있었고, 인터뷰나 시상식 등에 참여하는 것에 대해서도 그다지 좋아하지 않았다고 알려져 있습니다. 여러 가지로 미스터리한 부분이 많은 작가입니다.

손창섭의 개인사나 행적에 구멍이 많은 것은 그가 원래 평양 출신인 데다가, 청년기에 식민지, 해방, 한국전쟁 등 굵직한 역사적 사건들을 겪은 것과도 관계가 있어 보입니다. 그는 일찍부터 고향 평양을 떠나, 만주, 일본, 그리고 피난지 부산 등 여기저기를 떠도는 생활을 했습니다. 일본에서 해방을 맞은 그는 귀국해서 다시 고향 평양에 돌아가 생활했지만, 전쟁이 터지자 월남한 것으로 알려져 있습니다. 그리고 부산에서 피난 생활을 하다가 일본에서 헤어진 부인 지즈코와 상봉했고, 그 후 약 십 년간은 단편소설 집필에 전념했습니다.

속물의 원점

이번 강의에서 주로 다룰 작품들이 바로 손창섭이 이 시기에 집필하고 발표한 단편소설들입니다. 주로 피난지를 배경으로 하는 손창섭의 소설에는 전쟁으로 모든 생활의 기반이 무너졌고, 휴전이 된 후에도 궁핍과 혼란은 쉽게 극복될 수 없었던 당시의 상황이 잘 드러나 있습니다. 손창섭은 이런 황폐해진 상황 속에서 살아가는 사람들의 모습에 초점을 맞추고 있습니다. 우리가 소설을 읽을 때, 소설마다 중점을 두고 봐야 하는 지점이 다를 수 있습니다. 이를테면, 어떤 소설은 인물보다는 사건에 주목해야 하는 경우도 있고, 또 어떤 경우에는 배경이 전부인 작품이 있을 수도 있습니다. 한 편의 소설이 만들어지기 위해서는 여러 가지 요소가 다 필요하지만, 특별히 중점을 두게 되는 것이 있죠. 손창섭의 경우에는 전쟁으로 황폐해진 인물 유형을 핍진하게 드러내고 있다는 점에서, 인물들에 초점을 맞추고 읽는 것이 하나의 유용한 접근 방식이라고 생각합니다.

전쟁은 많은 사람들을 궁핍하게 한 동시에, 생존의 중요성을 일깨워 주는 계기이기도 했습니다. 그런 까닭에 사람들 사이에서 가족이나 공동체 사이의 유대보다는 경제 논리가 가장 우선시되기 시작합니다. 손창섭의 소설에도 생존술이 유난히 발달한 인물들이 등장합니다. 남의 것을 뺏고 사기치는 것을 조금도 부끄러워하지 않고, 시류에 편승하며 사는 인물들이죠. 사실 이러한 인물들은 이후에 살펴볼 김승옥이나 박완서의 작품에서 더 자주 등장하는 인물이기도 한데요. 자본주의가 급속도로 발전하면서 속물적 태도가 점점 보편화된 현실과 관계가 있다고 할 수 있습니다. 하지만 손창섭이 그려 낸 1950년대 전후 사회의 속물들은 전쟁으로 기존의 가치관과 질서가 무너진 상황에서 더 노골적인 생존술을 보여 준다는 점에서, 오늘날까지 이어져 내려온 한국사회의 속물적 태도의 원점이라고 할 수 있겠습니다.

회의적이지만 위기에 처한 남성성

이렇게 극단적인 상황에 몰린 사람들의 속물성을 드러내는 동시에, 손창섭의 작품에는 속물들을 회의적으로 바라보는 반성적 시선 또한 존재합니다. 이 '회의적인' 인물들은 손창섭 소설 속에서 주로 남성 화자의 모습으로 나타나는데, 운동성이 극히 낮고, 가정을 꾸리거나 하는 욕망이 없는, 남성성과 남성적 욕망 '제로'의 인물들입니다.

이러한 남성상의 출현은 1950년대 남한 사회의 국민 만들기의 실패라는 배경과도 관련이 있어 보입니다. 한국사회에서 근대적 국민국가 만들기의 가장 중요한 기제 중 하나는 병역이었습니다. 그런데 당시 남한 정부는 징병 제도를 잘 관리하지 못했습니다. 수많은 사람들이 희생된 제2국민병 사건이 대표적인 사례라고 할 수 있겠지요. 이런 실패는 병역문제에만 국한되지 않습니다. 당시 한국사회는 분단과 전쟁을 겪으면서 근대적 국민국가 만들기에 실패했고 '국민이 되지 못한 남자들'이 대거 등장합니다. 그리고 이러한 인물상들은 문학작품에서도 형상화되기 시작합니다. 이런 남성들은 도망병과도 같이 특정 공동체에 소속되지 못하고 방황하게 되는데, 이러한 실패가 바로 남성성의 약화로 드러났다고 할 수 있습니다. 사실 이러한 남성성에 대한 위기의식은 정도의 차이 혹은 표현의 차이가 있을 뿐, 손창섭 이후 다른 한국 남성 작가들에게서도 공통적으로 발견되는 것이기도 한데요. 이는 앞으로 다른 작가들의 작품들을 살펴보면서도 자주 언급하게 될 주제입니다.

도망병 의식과 고아 의식

한국의 남성작가들이 표현하고 있는 남성성의 위기는 비슷한 양태를 보이면서도 각 작가가 처한 시대적 개인적 상황에 따라 차이를 보이는데요. 손창섭의 경우도 마찬가지입니다. 손창섭은 청년기에 해방을 맞이하고 미군정, 전쟁 등을 다 겪고 나자 이미 서른이 되었습니다. 그리고 이렇게 혼란스러운 젊은 시절을 보내면서 어디에도 제대로 소속되지 못합니다. 식민지 시기에 학교 교육을 받았고, 그마저도 한 곳에서 안정적으로 수학하기보다는 여러 군데를 옮겨 다닌 것으로 알려져 있습니다. 이런 소속되지 못함이 앞으로 손창섭의 작품에서 본격적으로 살펴볼 도망병 의식으로 드러나고 있다고 볼 수 있습니다.

또 손창섭은 '고아 의식'을 지니고 있었고, 여러 편의 작품에서 이 고아 의식을 표출하기도 했습니다. "난 부모두 형제두 집두 없는 사람이다"_{손창섭, 「신의 희작」, 210쪽}라는 말이 대표적인데요. 이러한 선언은 그의 삶뿐만 아니라, 문단에서의 그의 위치나 상황과도 관계가 있어 보입니다. 그는 김동리의 추천으로 문단에 나왔고, 전후세대 작가로 분류되지만, 문단에서 활동하는 동안 거의 혼자였다고 할 수 있습니다. 해방 이전부터 활동을 했던 문인들처럼 문단에 지분이 있었던 것도 아니고, 그렇다고 이후에 등장하는 한글세대 문학인들처럼 대학에서 함께 문학을 공부한 동료가 있다거나, 동료들과 동인지 활동을 할 수 있는 상황도 아니었던 것이죠. 한글세대의 작가들은 『산문시대』(1962년 창간)라는 잡지를 만들고 이전의 선배들과 선을 그으면서 새로운 문학을 하겠다고 선언하고, 동료들과 함께 "우리는 고아다"라고 선언을 했지만, 이렇게 동료들과 함께 하는 고아 선언과 손창섭의 고아 의식은 많이 달라 보입니다. 다시 말해, 손창섭을 포함하는 1950년대 작가들의 '고아 선언'은 개별적 단위로만 이루어졌던 것이라 할 수 있겠습니다.

반어와 비애

본격적으로 손창섭의 작품을 들여다보기 전에, 손창섭 작품의 특징을 한 가지 짚고 넘어가도록 하겠습니다. 손창섭은 1961년에 자전적인 작품인 「신의 희작(戲作) — 자화상」을 발표합니다. 제목의 '희작'(戲作)은 '글 따위를 실없이 지음'이라는 뜻으로, 쉽게 말하자면 장난을 친다는 것이죠. 그는 평소에도 자기를 '아마추어'라고 말하고, 글에 대해서도 대단치 않은 것처럼 말합니다. 도무지 진지해지는 것을 피하려 한다고나 할까요. 이렇게 장난을 치는 것, 별 것 아니라고 에둘러 가는 것은 손창섭이 즐겨 쓰는 방법입니다.

「신의 희작」은 이 글이 '작가 S의 자화상'이라고 밝히면서 시작합니다. 그러면서 작가 S가 유년기에 목격한 성에 대한 원(原)장면, 그리고 야뇨증과 같은 기벽은 물론이고 폭력, 강간 등에 대해서까지 고백하듯이 쓰고 있습니다. 얼마나 진실인지 독자로서는 알 길이 없지만, 그의 다른 단편들과도 상당히 연관성이 있는 에피소드가 많아서 그냥 허투루 지나갈 수 없는 고백이기도 하죠. 어쨌든 그는 이런 고백을 하면서 '희작'이라는 이름을 붙이고 있습니다. 실없이 지은 글이라는 것인데요. 어쩌면 가장 진지한 글을 지으면서 일종의 반어법을 사용하고 있는 것은 아닌지 생각해 볼 필요가 있습니다.

그는 글 속에서 이런 식으로 반어법 쓰기를 좋아합니다. 작품에서 인물들의 이름을 짓는 것도 그 중 하나인데요. 손창섭은 인물의 이름을 그 사람의 부정적 성향과 정반대되는 한자어를 조합해서 만들기 때문에, 그 인물의 성격과는 어울리지 않거나 오히려 정반대에 가까운 이름이 많습니다. 대표적인 작품 중 하나인 「미해결의 장」에 나오는 형제들의 이름은 맏이인 지상(志尙)을 시작으로 하여, 지숙(志淑), 지웅(志雄), 지철(志哲), 지현(志賢)까지 모두 뜻 지(志)자 돌림으로 그럴 듯하게 지어 놓았습니다. 그런데, 이들의 인생은 한자어 뜻 지(志)처럼 그렇게 멋진 뜻, 이상과는 거리가 좀 멀죠. 이러한 반어적 이름에서 풍기는 특유의 비애가 손창섭 작품의 특징이기도 합니다.

2. 불능적 남성성의 탄생

폐허의 낙오자들 : 「비 오는 날」

앞서 말씀드렸듯이 손창섭은 피난지 부산에서 생활하면서 등단을 하고 작품활동을 활발하게 합니다. 그런 이유로 1950년대 단편에는 피난지 생활을 배경으로 하는 작품이 여럿 있는데요. 지금 다룰 「비 오는 날」(1953) 역시 피난지를 배경으로 하고 있습니다. 이 소설의 배경은 1951년 여름으로 추정되는데요. 이 단편에는 원래는 '북쪽' 출신이지만 전쟁을 피해 부산으로 내려와 피난 생활 중인 원구라는 청년이 등장합니다. 이 청년이 역시 같은 고향 출신으로 1.4 후퇴 때 남쪽으로 내려와 부산 동래에서 피난 생활을 하는 동욱이라는 청년을 만나게 됩니다(이 두 청년의 이력에는, 평양에서 교사 생활을 하기도 했지만, 이념적으로나 성격적으로 북쪽의 체제가 잘 맞지 않아 월남한 작가 자신의 모습이 겹쳐져 있습니다). 이 시기에 쓰여진 손창섭의 다른 작품들의 인물들이 그렇듯 「비 오는 날」의 젊은 두 남성, 원구와 동욱도 거처가 불분명하고, 마땅한 생계수단이 없습니다.

소설 속 내용으로 볼 때, 두 청년은 이십대 후반에서 삼십대 초반으로 보이는데요. 피난지에서의 이들의 생활은 남루합니다. 동욱은 영문학을 전공한 탓에 영어를 구사할 줄 알아서 미군부대 PX를 드나들며 초상화 주문을 받고, 함께 피난 내려온 여동생 동옥이 주문받은 그림을 그려서 먹고 살고 있지만, 나중에는 그마저도 여의치 않아 그만두게 되지요. 원구 역시 리어카를 끌고 길에서 잡화상을 하고 있는데 벌이가 시원치 않은 것은 마찬가지이고요. 이 두 남성은 사실 전쟁 전에 대학 교육까지 받았지만, 이제는 별다른 기술도 배경도 없는 처지입니다. 또 여전히 전방에서는 전쟁이 계속되고 있어 언제든 징집당할 수 있다는 불안도 있습니다. 특히 동욱의 상황이 좋지 않았는데요. 그는 그 당시에 남성들의 필수적인 신분증인 국민병 수첩을 잃어버린 상태입니다. 전시에 이 수첩을 잃어버렸다는 것은 그의 신분 증명이 어렵다는 뜻이어서, 취직이 어려운 것은 물론이고, 잘못 걸리기라도 하면 적으로 오인을 받거나 징집을 당할 수도 있습니다. 작품 속에서 동욱은 결국 군대에 끌려가게 됩니다.

기독교 집안 출신인 동욱은 과거 신앙생활에 열심인 준수한 청년이었던 것으로 짐작되지만, 피난지에서는 처지가 너무나 달라졌습니다. 이제 그에게 교회는 구제품을 타러 가는 곳이 되어 버렸고, 본인의 몰락한 처지에 대해 말할

때는 어딘지 다른 사람을 불편하게 하는 "자조적"손창섭, 「비 오
는 날」, 75쪽인 웃음을 달고 다니는 인물이 되었습니다. 당연히
행색도 변변치가 못했죠. 동욱은 "소매와 깃이 너슬너슬한
양복저고리"에 "교회에서 구제품으로 탄 것이라는, 바둑판
처럼 사방으로 검은 줄이 죽죽 간 회색 즈봉"을 입고 있습니
다. 그리고 더 볼 만한 것은 구두였는데요. "꼭 채플린이나
신음직한" 디자인으로 "개미 허리처럼 중간이 잘룩한 데다
가 코숭이[구두 앞코]만 주먹만큼 뭉툭 솟아 오른 검정 단화"
손창섭, 「비 오는 날」, 75쪽를 신고 있습니다. 다른 옷이 없는 그는 이
옷만 줄창 입고 다니죠. 어딘가 어색하고 이상한 패션이지
만, 전쟁 통에 구제품을 주워다 대강 입는 것은 동욱만이 아
니었겠죠.

　이런 몰락의 상황에서 사십 일이라는 꽤 긴 기간 동안
장마가 이어집니다. 그리고 이 비는 원구와 동욱, 동옥, 이
세 젊은이의 남루한 생활을 더욱 부각시킵니다. 동욱, 동옥
두 남매가 사는 집은 식민지 시기 요양원으로 사용되었던
낡은 목조 건물인데요. 원래 전면 유리 창문이었던 자리를
지금은 가마니가 대신하고 있습니다. 그리고 널빤지로 된
천정에서는 여기저기서 물이 새고, 바닥에는 물을 받는 "바
께스"가 놓여 있습니다. 폐가라고도 할 수 있는 열악한 환경

에서 두 남매가 살고 있는 겁니다.

이러한 환경에서 살아가는 남매의 건강 상태 역시 거주하는 공간처럼 좋지 않습니다. 손창섭은 스스로에 대해 말할 때 "불구", "영양실조에 걸린 육신과 정신"손창섭, 「아마추어 작가의 변」, 463쪽이라는 표현을 자주 썼는데요. 그가 소설에서 창조해 낸 인물들도 건강과는 거리가 먼 것으로 묘사가 됩니다. 우선 동옥의 경우에는 거동이 불편합니다. 또한 정신적으로도 우울하고 불안한 상태인데요. 가족이나 사회에서 유리된 사람들에게 흔히 나타나는 이러한 우울감과 불안은 오빠 동욱도 마찬가지로 겪는 것이어서 남매는 서로에게 상처를 주고받는 서로 믿지 못하는 사이로 나옵니다. 부모도 고향도 생활기반도 없는 상태에서 안정을 유지하는 것이 더 어렵겠지요.

손창섭은 「비 오는 날」에서 이런 불안하고 기반이 없는 세 명의 젊은이의 모습을 그려 내고 있는데, 이를 통해 피난지 부산의 모습을 짐작하게 합니다. 피난 온 사람들은 모여드는데 물자는 부족한 막막한 상황인 거죠. 그리고 이런 상황에서 서로 속고 속이는 약육강식과 비열함의 본성도 쉽게 드러나기 마련입니다. 주인집 노파는 동옥이가 빌려 준 돈을 들고 이사를 가버립니다. 전쟁 중의 피난지를 그린 손창섭의 다른 작품에서도 이와 같은 상황은 자주 일어납니다. 먹고살겠다고 다른 사람을 밀치고 빼앗는 악다구니는 예사입니다. 이렇게 약육강식의 논리가 지배할 때, 이 논리를 발빠르게 습득하지 못한다면 낙오되기 쉬운데요. 「비 오는 날」의 세 젊은이가 대표적입니다.

무기력과 오염된 인간성 : 「생활적」

「생활적」(1953) 역시 피난지 부산이 배경입니다. 이 이야기에 나오는 동주라는 인물은 포로수용소에 있다가 석방된 지 얼마 안 된 인물입니다. 반공 포로 석방은 1953년 6월 18일 0시에 기습적으로 이루어졌습니다. 이는 휴전 협상 과정에서 비롯된 한미간 갈등의 산물로, 협상의 우위를 점하려고 했던 이승만 정권의 전략이었다고 하죠. 이승만 정권은 기습적인 포로 석방으로 협상에 어느 정도 우위를 얻었을지 모르겠지만, 포로수용소에서 나온 이들은 딱히 갈 곳이 없었습니다. 사실 말이 석방이지 포로들이 수용소에서 탈출하도록 내버려 둔 셈이었죠. 그래서 이 이야기의 인물 동주처럼 북쪽이 고향인 경우 당장 머물 곳도 없고 생계도 막막할 수밖에 없었습니다. 수용소에서 풀려나긴 했지만, 최소한의 보호도 받지 못하는 상태로 결코 자유롭다고 말할 수는 없는 상황이었던 겁니다.

　동주가 지금 살고 있는 피난지의 판잣집은 '북쪽' 출신인 고향 친구가 서울로 가면서 넘겨 준 것입니다. 피난민이 몰려서 이런 허술한 판잣집조차 얻기 어려운 시절에 어찌어찌 머물 곳을 구하기는 했지만, 동주는 도무지 생의 의욕이 없습니다. 그가 살고 있는 판잣집은 산꼭대기 동네에 있는데요. 워낙에 물이 귀한 부산인 데다가 산꼭대기인지라, 물 구하기가 쉽지 않습니다. 십오 분 이상 떨어진 샘터에 가서 물을 길어 와야 하는데 포로수용소에서 얻은 병으로 골골대는 동주로서는 물을 운반하기는커녕, 물을 뜨는 것조차 쉽지가 않지요. 샘터는 이미 북쪽 사투리를 쓰는 드센 아주머니들이 에워싸고 있고, 병약한 동주는 먼저 온 이들이 만든 성세(城勢)를 잘 뚫고 가지 못하고 도리어 괄시를 받기 일쑤입니다.

　이렇게 도무지 생의 의지가 없는 동주와는 달리 같은 판잣촌에 사는 이웃들은 먹고살겠다고 이런저런 사업을 벌이면서 동분서주하고 있습니다. 하지만 동주는 그들과 어울리지 않고, 대신 같은 판잣집에 살고 있는 순이라는 여자에 대해서만 동질감을 느끼는데요. 순이는 병으로 하루 종일 누워서 신음 소리만 내고 있습니다. 그 신음 소리가 순이가 살아 있다는 유일한 증거였습니다. 판자로 된 벽 너머로 순이의 신음 소리가 들리고 동주는 그 신음 소리를 하나, 둘 세면서 하루를 보냅니다.

손창섭의 소설에는 순이나 동주처럼 삶의 의지를 상실한 인물들이 자주 등장하는데요. 이들에게서는 회복이나 복구에 대한 희망을 찾아볼 수 없습니다. 다른 말로 하면 휴머니즘 같은 게 없다고나 할까요. 손창섭은 인간의 탁월함, 인간성에 대한 믿음 같은 것을 전혀 가지고 있지 않은 듯합니다. 인간에게서 고귀한 무엇을 찾기보다는 인간에 대한 기대를 계속 낮춥니다. 그의 작품에서 묘사되는 인간의 몸은 다소 잔인하다고 할 만큼 최소한의 동정이나 배려가 없이 그려지고 있습니다. 동주가 순이의 벗은 몸을 훔쳐보는 장면도 그렇습니다. 이 장면에서도 남성이 여성의 몸을 훔쳐보는 데서 오는 성적인 욕구 같은 것이 드러나지 않습니다. 겨우 목숨을 부지하고 있는 순이의 몸에는 구더기가 끓고 있거든요. 이렇게 손창섭의 작품에서 인간의 몸은 고귀하고 아름다운 게 아닙니다. 다치거나 병든 몸, 배설물이나 벌레 등으로 오염된 신체 이미지가 자주 등장하는데, 이런 방식의 묘사를 통해 인간성 자체를 더럽고 오염된 것으로 보는 관점을 드러내고 있다고 해석할 수 있습니다.

전쟁으로 무너진 것은 경제적 기반만이 아니었습니다. 피난지의 생존하려는 몸부림 속에서 일부일처제와 가부장제라는 전쟁 전의 도덕 감각 역시 무너졌죠. 손창섭의 작품에서는 파트너에 대한 배타성 역시 약해진 모습이 자주 등장하는데요. 이는 주거환경의 변화와도 무관하지 않아 보입니다. 피난지를 그린 소설에는 부부를 중심으로 일가족이 독립된 주거에서 살고 있는 모습이 잘 나오지 않습니다. 동거의 형태가 자주 등장하고, 그들이 묵는 집이나 방의 경계 역시 모호합니다. 「생활적」의 판자촌은 화장실이 제대로 갖추어지지 않아 길바닥이 온통 배설물 천지인 데다가 먹을 물도 부족한 환경입니다. 이렇게 열악한 환경 속에서 제 집, 제 방이 따로 갖추어져 있을 리는 만무하겠지요. 당연하게도 부부, 가족, 식구라는 관계의 경계도 모호합니다. 갈 곳 없이 떠돌다가 아는 사람을 만나면 그 집에 기식(寄食)하고, 또 그러다 다시 떠나기도 하고, 그런 식인 거죠. 피난지에서 기식할 사람만 찾으면 더부살이하는 것은 예삿일입니다. 그러다 보니, 한 집에 원래의 가족 외에 기식하는 사람들이 늘 있고, 또 한 가족도 한 집에 사는 게 아니라 뿔뿔이 흩어져 있는 모습이 작품 속에 다반사로 그려지고 있습니다.

「생활적」의 동주도 춘자(하루코)라는 여성과 한 방에 살고 있지만, 이 두 사람 역시 과거와 같은 일부일처제의 가정을 이루고 살고 있다고 하기는 어렵습니다. 춘자는 원래 동주의 고향 사람인데, 우연히 피난지 부산에서 만나 살림을 합치게 된 사이입니다. 춘자는 일본 여성으로, 해방이 되고 일본으로 다시 가려 했지만, 신분증이 없어서 가지 못했습니다. 그리고 동주를 만나기 전 이미 두 번이나 결혼을 했다가 실패한 전력이 있습니다. 이렇게 두 사람이 동거를 시작하게 되는데, 결국에는 동주가 생활에 의욕이 없다는 것을 간파하고, 춘자는 사업 수완이 좋은 봉수라는 인물을 따라갑니다.

'불능'의 남성성 : 「혈서」, 「공휴일」

「생활적」의 동주가 포로수용소에서 석방된 군인 출신인 것처럼, 손창섭의 남성 인물들은 병역 문제와 얽혀 있습니다. 전쟁 직후의 남한 사회라는 배경에서 병역기피자 혹은 군대로부터 도망친 군인들이 그려지고 있는데요. 「혈서」라는 단편에는 친구에게 병역기피자 혐의를 받는 달수라는 젊은이가 등장합니다. 달수의 친구 준석은 대학 가서 공부하겠다는 달수를 "병역기피자"라고 손가락질합니다. "거지지 무슨 고학생이야"<small>손창섭, 「혈서」, 140쪽</small>라면서 비난을 하죠. 실제로 대학에 가면 입영을 면제하거나 연기해 주는 제도가 있었기 때문에 이를 악용하는 사례가 많았다고 합니다. 준석은 달수가 일부러 군대를 피하려고 대학에 진학하려는 것이라고 비난하는 겁니다.

실제로 병역기피 문제는 한국전쟁 중은 물론이고 전후에도 사회 문제로 대두되었습니다. 정부는 "기피 장정 자수 기간"을 정해 '본인이 자수'하면 관대하게 처분하겠다는 회유책을 홍보하기도 하지만 이는 별로 실효성이 없었다고 합니다. 제2국민병 비리 사건이 보여 주듯, 당시 군대는 문제가 많았고, 그러다 보니 군대에 가면 "죽음 아니면 병신이 된다"라는 말까지 있을 정도로 불신이 컸던 것이죠.

손창섭 소설에 나오는 도망병은 바로 이러한 시대적 분위기에서 나온 것입니다. 국가주의적·가부장적 주체로서 자기를 확립하지 못한 인물들은, 다른 한편으로 노골적으로 속물화되고 있는 사회 속에서 길을 잃고 방황을 하거나 무기력 속으로 빠져들게 됩니다. 이들은 미래에 대한 어떤 기대를 갖지도 않고, 다른 사람들처럼 하루하루 먹고살기 위해 악다구니를 치지도 않고 세상을 낯설게 바라보고 있습니다. 먹고살기 위해 제 핏줄을 버리거나 팔아먹는 비도덕이 횡행하는 세상에서 아귀다툼을 하는 분주함 대신에 그들

은 벌건 대낮에도 이불 속을 파고드는 쪽에 있죠. 이 운동성
이 제로인 남성 인물들은 남성적 욕구도 느끼지 못합니다.
이들은 이성을 만나 자식을 낳고 사는 일에 관심이 없을뿐
더러, 애당초 성적 욕구도 거의 없습니다. 「공휴일」의 도일,
「잉여인간」의 만기, 「비 오는 날」의 원구가 그렇습니다.

　「공휴일」의 도일은 은행원으로 금순이라는 정혼자가 있
는데요. 그의 부모는 하루라도 빨리 두 사람이 가정을 꾸리
고 아이를 낳았으면 하지만 도일은 관심이 없습니다. 오히
려 그는 여성의 육체미에 별다른 흥분이 느껴지기는커녕
"메슥메슥하고 닝닝해"_{손창섭, 「공휴일」, 39쪽}지는 체질이라고 말
합니다. 손창섭의 소설에서 여체의 물성은 이렇게 과장되고
부정적인 것으로 묘사됩니다. 이는 그의 자전적 단편이라고
알려진 「신의 희작 — 자화상」에서부터 일관되게 유지되어
온 특징이기도 합니다. 「공휴일」의 도일이 좋아하는 것은 공
휴일에 방에 틀어박혀 "혼자만의 세계와 시간"_{손창섭, 「공휴일」, 42쪽}을 보내는 것입니다. 그는 약혼자 금순이 육체미를 풍기며
그의 공휴일을 훼방 놓는 것을 불만스러워하는데요. 그렇다
고 그의 '혼자만의 세계와 시간'이 그리 대단한 것은 아닙니
다. 어항 속의 미꾸라지와 붕어 새끼가 헤엄치는 것을 보는
것이 전부거든요.

3. 도덕의 붕괴와 속물사회의 원점

도덕의 붕괴 : 「미해결의 장」

손창섭의 작품 속에는 이렇게 남성성을 상실한 인물들이 적나라하게 그려지는데요. 또 다른 한편에서는 도덕관념의 붕괴 속에서 노골적인 속물성을 드러내는 인물들이 등장합니다. 단편 「미해결의 장」(1955)에서는 가족을 둘러싼 도덕관념이 약화된 모습을 볼 수 있습니다. 이 작품에는 '가장'들이 모여서 만들었다는 '진성회'(眞誠會)라는 모임이 나오는데요. 이 모임의 이름에서부터 손창섭 특유의 아이러니가 드러납니다. "진실(眞實)하고 성실(誠實)한 사람들끼리 모여, 국가와 민족과, 인류 사회를 위해서 진실하고 성실한 일을 하다가 죽자는"_{손창섭, 「미해결의 장」, 173쪽} 취지로 만들어진 모임이라서 '진성회'라는 이름을 붙이고 전후의 어지러운 한국사회를 개탄하면서 자주 비분강개하는 인물들이 모여 있는데요. 하지만 이 모임 회원들의 면면은 거창한 이름과는 어울리지 않는 인물들입니다. 국가와 민족, 인류 사회를 위해 무엇인가를 하기는커녕 제 밥벌이도 못하는 인물들로, 이들은 부인이나 딸 혹은 여동생에게 의존하는 생활을 하고 있습니다. 이런 인물들이 '대의'를 말하고, "하늘이 때를 허락하지 않음을 개탄"_{손창섭, 「미해결의 장」, 163쪽}하니 우습기도 하고 답답한 상황이 연출되지요.

한마디로 전후 한국사회의 무능한 남성들을 상징적으로 보여 주고 있는 것인데요. 이런 경제적으로 무능한 남성들을 대신하여, 여성들이 돈을 벌기 위해 나섭니다. 이는 전쟁이 길어지면서 시작된 현상이지만, 전쟁이 끝나고도 형편은 달라지지 않습니다. 전쟁은 끝났지만 전쟁으로 남편을 잃은 여성들, 그리고 남편이 일자리를 구하지 못하는 여성들은 계속해서 돈을 벌어야 했던 거죠. 하지만 별다른 기술이나 완력이 없는 여성들이 하는 일이란 한계가 분명하기도 했습니다. 진성회의 회원인 문선생의 여동생 광순 역시 생계를 책임지는 여성입니다. 그녀는 전쟁 전에는 여대생이었으나, 이제는 '오피스'에 나가 몸을 파는 '직업여성'입니다. 전쟁 전이라면 광순의 일에 대해 오빠인 문선생이나, 광순의 어머니 등이 모두 반대했을 법하지만, 가족들은 광순이 하는 일에 별다른 간섭이 없이 묵인합니다. 기존의 가부장적 규범이 과거와 같은 위세로 광순의 '타락'을 막기는 역부족인 상황이 되었다는 것을 알 수 있지요. 물론 문선생이 여동생의 직업에 대해 다른 사람들에게 떳떳하게 말할 정도로 뻔뻔해지지는 못합니다. 하지만 여동생에게 일을 그만두라는 말은 절대 하지 않습니다. 이렇게 기존의 가족을 둘러싼 도덕관념(가부장제, 일부일처제)은 전쟁으로 약화되었지만, 여성들이 가부장제 이데올로기로부터 자유로워진 것은 아닙니다. 오히려 가부장적 논리가 이중으로 여성을 옥죄는 식으로 드러나게 됩니다.

'불평등' 사회의 '잔혹한 낙관주의'

손창섭은 「미해결의 장」에서 이런 도덕의 붕괴와 함께 1950년대 남한사회에 자리 잡고 있는 기회주의를 포착하고 있습니다. 이 작품은 미국으로 가는 연줄만 잡으면 성공이 보장된다는 꿈을 꾸고 있는 가족을 그리고 있는데요. 당시 이러한 꿈을 꾸는 가족은 「미해결의 장」의 인물들만이 아니었습니다. 전후의 정치와 경제는 좀처럼 안정되지 않았고, 먹고 살 길은 막막한 상황에서 원조 국가인 미국이 모든 것을 해결해 줄 수 있는 상징으로 작동했던 것이죠. 당시 미국은 출세, 부, 권력의 상징으로 통용되었습니다. 꼭 미국에 대한 꿈이 아니더라도, 이 시기는 사회 전체에 기회주의가 팽배했던 시대이기도 했습니다. 일제의 귀속 재산 불하, 그리고 미국의 원조 물자 배정 등은 전후에 부를 축적하는 중요한 방법이었지만, 그것이 분배되는 과정은 공정하지 않았습니다.

그러다 보니 어떻게든 한몫 잡기만 하면 부자가 될 수 있다는 기대가 있었고, 그러기 위해서는 연줄이나 뒷배경이 필수라는 인식이 팽배해 있었던 것입니다.

「미해결의 장」의 세 남매 역시 모두들 미국 유학을 꿈꾸고, 영어 공부에 열심입니다. 이 소설이 발표된 것은 1955년 6월로, 휴전 협정이 체결된 지 2년 남짓한 세월밖에 흐르지 않은 시점입니다. 그러니까 여전히 전쟁으로 파괴된 것이 복구되지 않은 상황으로 국민 대다수가 당장의 끼니 걱정으로부터 자유롭지 않은 시기라 할 수 있죠. 그런 상황에서 「미해결의 장」의 가족이 '미국 유학' 이야기를 하고 있는 것입니다. 넝마를 주워다 재활용해서 먹고살고 있는 가족은 벌이가 시원치 않아 죽 한 그릇으로 하루 끼니를 대신해야 하는 날이 부지기수이지만, 주린 배를 움켜쥐고 영어책을 읽고 있습니다.

이 이야기에서 큰 아들 지상은 피난지 부산에서 대학에 들어갔다가 등록금을 제대로 못 내서 그만두다시피 한 상태입니다. 이런 사정을 생각해 보면 이들에게 중요한 것은 당장의 끼니 해결이지, 대학 졸업장이나 미국 유학 타령 따위의 거창한 계획을 늘어놓을 때인가 하는 의문이 들 정도입니다. 아버지는 큰아들인 지상을 억지로 피난지에 개교한 대학 법대에 집어넣은 것으로 나옵니다. 지상이라는 인물이 들어간 학교는 전쟁 중에 생긴 '전시연합대학'(부산·광주·전주·대전)으로 보이는데요. 이 전시대학에 들어가면 입영 연기나 면제가 되었기 때문에 이러한 이점을 이용하기 위해 진학하는 경우도 많았다고 합니다.

미국 유학에 대한 이 가족의 낙관주의는 현실을 파괴한다는 점에서 '잔혹한 낙관주의'(로렌 벌랜트)에 가까워 보입니다. 여기서 잔혹한 낙관주의는 현실의 모순을 보지 못하게 하는 일종의 마취제인데요. 이 이야기의 인물들은 미국이라는 표상이 제공하는 성공 이데올로기에 기대는 것으로 정신 승리하고 있습니다. "좋은 삶을 살려는 약속(promise)을 완수하기 위해, 그다지 강렬하지는 않지만 인내심을 가지고 우리 자신을 구성해 가고"로렌 벌랜트, 「잔혹한 낙관주의」, 『정동이론』, 최성희 외 옮김, 갈무리, 2015, 175쪽 있는 것이죠. 미국이라는 약속된 땅을 위해, 인내심을 가지고 주린 배를 움켜쥐고 영어책을 읽고 있는 것입니다.

아들에게 출세를 강요하며 윽박지르는 '나'의 아버지(소설의 '나'는 아버지를 '대장'이라 부릅니다)와 가족들을 보면 전후의 낙관주의는 왜곡되고 뒤틀린 형식인데요. 당장 먹을 우유 한 컵, 쌀죽 한 사발이 없는데도 '~만 하면'이라는 가정(假

定)의 문장들을 남발하는 가부장은 특히 문제적입니다. 아버지는 아들에게 매일 출세를 말하면서도 자신은 허송세월을 하고 있고, 당장 끼니를 잇기 위해 넝마를 이어 양복을 만들어 파는 것은 어머니와 딸입니다.

이런 가족들 사이에서 큰아들 지상은 앞에서 살펴보았던 무기력한 인물들과 비슷합니다. 지상은 온 가족이 꾸고 있는 '미국에 대한 꿈'으로부터 벗어나 있는데, 그는 미국 유학뿐 아니라 모든 종류의 복구와 회복의 의지에 대해 냉소적입니다. 하지만 가부장에게 대들 정도로 힘이 있는 것도 아니어서 그저 회의적인 태도로 일관합니다.

비분강개하거나 기피하거나 : 「잉여인간」

지금까지 살펴 본 것처럼 손창섭의 작품에 등장하는 남성들은 현실에 잘 적응하지 못하고 낙오된 상태라는 점에서 공통적입니다. 그런데 이 낙오된 남성 인물은 다시 '비분강개형'과 '기피형'으로 나눌 수 있습니다. 손창섭이 1950년대에 마지막으로 쓴 작품인 「잉여인간」(1958)은 이러한 두 가지 인물형을 잘 드러내 보여 주고 있습니다. 손창섭은 이 작품으로 동인문학상 수상을 합니다. 문단에 나온 지 십 년이 안 돼서 꽤 큰 문학상을 받은 셈인데요. 그의 나이 서른아홉 살의 일이었습니다. 그리고 이후로는 줄곧 장편소설을 쓴 것으로 알려져 있습니다. 손창섭은 스스로 밝히기를, 더 많은 독자를 찾아서 장편 쓰기에 몰두했다고 하지만, 아이러니하게도 후대의 연구자나 독자들의 관심은 여전히 그의 1950년대 단편소설에 집중되어 있습니다.

「잉여인간」이라는 작품은 그의 대표작인데요. 앞서 말한 대로 그의 이전 단편소설에 희미하게 나타난 인물 유형이 비교적 안정적인 서사 형식과 함께 등장한다는 점에서도 주목할 만합니다. 이 소설은 그의 다른 소설답지 않게 긍정적인 인물인 서만기라는 의사가 등장한다는 점에서도 특이한데요. 이런 특징 때문에 처음에 등장했을 때 손창섭 소설답지 않은 의외의 시도라는 의견이 있었고 평가도 엇갈렸다고 합니다.

서만기라는 치과의사는 출신도, 외모도, 인품도 훌륭한 인물인데요. 딱 하나 경제적인 어려움을 겪고 있습니다. 전후의 혼란스러운 상황에서 다른 의사들은 속임수든 뭐든 꾀를 내어 돈 벌 궁리에 몰두하는데, 서만기는 평판 좋은 의사이기는 하지만, 돈 버는 수완은 없고, 병원 운영에 어려움을 겪습니다. 특히나 그는 가난한 처가 식구들을 함께 부양하고 있어서 더욱 딱한 상황입니다. 그런 그에게는 두 명의 친구가 있는데, 이 두 명의 친구는 이제까지 다른 소설에 자주 등장했던 유형으로, 한 명은 비분강개형(채익준)이고, 또 다른 한 명은 매사에 의욕이 없고 모든 것을 회피하는 기피형(천봉우)입니다.

손창섭은 전후의 가난, 그리고 비국민으로 겪는 어려움, 불안, 혼란 등을 이 두 인물 유형을 통해 표현하고 있습니다. 채익준과 같은 비분강개형은 큰소리를 치고 세상에 분노하는 것으로 자신의 무능을 감추고 살아가는 중입니다. 「미해결의 장」의 아버지 세대도 역시 그러했습니다. 반면, 봉우와 같은 인물은 기피형입니다. 봉우는 치과에 나와서 하루 종일 할 일 없이 졸고 있습니다. 자신의 처는 돈벌이에 혈안이 되어 있고, 또 성적으로도 굉장히 왕성한 여자인데, 그런 여자와 대조되는 인물이죠. 그는 그냥 멍하니 허송세월하고 있고, 소일거리가 있다면, 간호사를 따라다니는 거죠. 이것도 정말 여자에 대한 관심이라고 하기는 어렵고요.

비분강개형과 기피형 그리고 이 두 인물 사이를 이어 주는 인물까지 등장하는 「잉여인간」의 구도는 「혈서」라는 작품에서도 미약하게나마 발견할 수 있었습니다. 이 작품에도 규흥이라는 다소 의외의 인물이 나오는데요. 친구 준석과 달수가 자신의 하숙집에서 함께 살 수 있도록 배려해 주는 인물입니다. 여기서 규홍은 소설의 전면에 나서지는 않습니다. 그저 준석과 달수라는 비분강개형 인물과 기피형 인물을 이어 주는 매개자 역할만 합니다. 여기서도 비분강개형인 준석은 군속으로 나간 전쟁에서 다리를 잃어 종일 집에 있는데요. 그러면서도 이런저런 세상 걱정을 하고, 허풍을 떨기도 하는 등 큰소리를 치는 게 일입니다. 그리고 달수는 역시 취직도 못하고 별다른 비전이 없이 허송세월을 하면서 친구에게 '병역기피자' 소리나 듣는 인물이고요. 이 두 인물 유형의 반복은 당대의 전후 상황에 대한 손창섭의 인식을 보여 주는 것이기도 합니다. 결국 두 인물 유형 다 미래에 대한 긍정적인 전망은 불가능한 상황입니다. 바로 이게 솔직한 현실인식이기도 했던 것이죠. 이렇게 비분강개하거나 혹은 기피하거나 둘 중 하나밖에 없었던 것입니다.

그리고 여성에 대해서도 이들은 기성세대가 갖는 욕구 같은 게 없습니다. 여자를 만나 결혼하고 아이 낳고, 이런 식의 소위 '정상가족'에 대한 욕망이 없는 것입니다. 이는 비분강개형이나 기피형이나 공통적으로 드러납니다. 손창섭의 인물들이 여성과 함께 살더라도 이것은 여성에 대한 남성의 욕망 때문이라고 말하기 어려워 보입니다. 이들은 사실상 남녀 간의 결합을 두려워하고, 그 결과로 생기는 아이나 후속 세대에 대해서는 더더욱 관심이 없으며, 오히려 무서워하는 편에 가깝습니다. 이들이 잉여인간이라면 바로 이런 이유 때문입니다. 이들은 사회에 제대로 소속되지도 않았고, 또 결코 소속되고 싶어하지 않습니다. 이들은 비분강개하거나 기피하거나, 혹은 둘 다 하면서 그렇게 살아가고 있습니다. 바로 이들이 손창섭이 창조한 1950년대식 '잉여인간'입니다.

순수와 범속 사이의 위악 : 김승옥

2강 - 순수와 범속 사이의 위악 : 김승옥

1. 김승옥, 세속성에서 이끌어 낸 경이로움

"잘살아 보세", 산업화 시대의 시작

박정희 정권은 1962년부터 5개년 단위로 하는 경제개발계획을 발표하고 실행하기 시작합니다. "경제의 안정적인 고도성장"이 목적이었고, 이것은 단순히 성장을 장려하는 단순한 '희망' 사항이 아니라 반드시 이루어야 하는 '당위'로 사회에 부과되었습니다. 수단과 방법을 가리지 않고 정해진 숫자에 도달해야 했던 거죠. 수출 목표 달성을 위해 공업화가 추진되고, 서울로 인구가 집중되는 현상이 일어납니다. 반면, 농촌 인구는 급격하게 감소하고 공동화 현상이 일어나기 시작했고요.

이때의 경제성장 정책은 대중의 자발적인 동원과 참여를 필요로 했습니다. 산업화 시대를 대표하는 「잘살아 보세」라는 노래(한운사 작사, 김희조 작곡)가 있습니다. 이 노래는 1962년 군사 쿠데타 1주년을 맞아 개최된 민족예술제에서 처음 발표되었다고 하는데요. 작사가인 한운사에 따르면 많은 사람들이 쉽게 따라 부를 수 있는 노래를 만들어 달라는 정부의 요청을 받고 만들었다고 합니다. 결과적으로 정부의 의도는 성공적이었는데요. 이 노래는 유행가 후렴구처럼 많은 사람들 사이에서 외워지고 불려졌죠. "티끌도 모아 태산이라면 우리의 피땀 아낄까 보냐 일을 해 보세 일을 해 보세 우리도 한번 일을 해 보세"라는 노래의 가사는 당시의 분위기를 잘 보여 주고 있습니다. 이렇게 모든 사람들이 "잘살아 보세"의 꿈을 안고 열심히 살아 갔던 시대, 열심히 하기만 하면 남들처럼 잘살 수 있다고 믿었던 시대가 1960~70년대 산업화 시대입니다.

김승옥, 감수성의 기원

이렇게 모두가 성장의 꿈을 향해 달려가고 있던 1960년대를 대표하는 작가로 김승옥(1941~)을 꼽을 수 있습니다. 김승옥은 1941년 일본 오사카에서 태어났고, 해방 후에는 어머니의 고향인 순천으로 이주하는데요. 어린 시절을 보낸 순천은 여순사건(1948년)이 일어난 곳이기도 합니다. 여순사건은 해방 이후 좌우 대립이 빚어낸 비극적인 사건인데요. 김승옥이 여덟 살 때 그의 아버지도 이 사건으로 돌아가셨다고 하죠. 그의 어머니는 그 후로 삯바느질을 해 가면서 세 형제를 키웠다고 합니다. 그리고 얼마 후 한국전쟁이 일어났고, 김승옥이 유년기를 보낸 순천 역시 전쟁의 포화로부터 자유롭지는 않았습니다. 후방이기는 했지만, 좌우의 대립이 극심했던 곳이기 때문에 전쟁으로 인한 피해가 만만치 않았던 것이죠.

앞의 강의에서 다루었던 전후 작가 손창섭(1922년생)은 식민지 시기에 교육을 받았고 일본어에 능했던 반면, 1941년생인 김승옥은 해방 이후 한글로 근대적 교육을 받은 최초의 세대로 '한글세대'로 분류됩니다. 그는 후에 같은 서울대 불문과 출신인 김치수, 김현 등 문학 평론가와 함께 『산문시대』(1962년 창간)라는 동인지를 만들어서 활동하기도 했지요. "태초와 같은 어둠 속에 우리는 서 있다", "얼어붙은 권위와 구역질나는 모든 화법을 우리는 저주한다. 뼈를 가는 어두움이 없었던 모든 자들의 안이함에서 우리는 기꺼이

출발한다"라는『산문시대』의 창간사에서도 짐작할 수 있듯이 이들은 앞선 세대와는 선을 긋는 세대론적 입장을 내세웠고, 실제로 이전의 전후 세대와는 다른 새로운 문체와 감각을 선보이기 시작했습니다.

　김승옥은 1960년대의 대표 작가로 호명되고 그에게는 늘 '감수성의 혁명'이라는 말이 따라다닙니다. 이는 평론가 유종호의 표현인데요. 그는 김승옥의 소설을 "하찮은 것과 순수한 것이라는 상반된 것의 부딪힘이 만들어 낸 예술"이라고 평합니다. 그러면서 "현대문학이 오랫동안 목마르게 고대해 온" 과제를 해결했다는 데 의미가 있다고 말하지요. 그 과제란 "지적 체험을 감각적 정감적 체험과 마찬가지로 직접적 구체적으로 표출해 낼 수 있는 능력"_{유종호,「감수성의 혁명」,} _{『유종호 전집 1』, 민음사, 1995, 425쪽}이었습니다. 그러니까 김승옥 소설 이전만 해도, 지적인 체험은 관념적 언어(이론적 언어)로 표현해야 한다는, 혹은 그럴 수밖에 없다는 고정관념이 있었는데 그것을 극복했다는 것이죠. 평론가 유종호의 말대로 김승옥 소설의 의미는 무엇보다도 "평범한 일상"에서 "경이를 조성"해 냈다는 데 있습니다. 그러니까 다른 말로 하면 세속적인 일상에서 성스러운 차원을 끌어낸 것이죠. 이런 면에서 김승옥의 작품에 '감수성의 혁명'이라는 말이 붙을 수 있었던 것입니다.

소설가 신경숙 역시 김승옥의 소설이 안겨 준 충격에 대해 말합니다. 신경숙이 언급하는 부분은 데드롱직(폴리에스테르계 합성섬유)이라는 직물이름이 등장하는 「무진기행」의 앞부분인데요. 신경숙은 이 부분에 밑줄을 그었다고 하죠. 이전까지 문학은 엄숙한 것이라고 생각했고, 이런 분리에 따르자면, 데드롱직 같은 섬유 이름은 소설에 등장할 언어가 아니었고, 오히려 문학은 이런 세속적 언어에서 풍기는 "그 불량스런 이미지를 배척하기 위해"신경숙, 「내가 읽은 김승옥: 스무 살에 만난 빛」, 『무진기행 : 김승옥 소설전집 1』, 문학동네, 2004, 429쪽 존재한다고 생각했는데 그런 고정관념을 김승옥이 깬 것입니다. 신경숙이 이 글에서 말하고 있는 것처럼 김승옥은 평범하고 속된 일상 언어들을 등장시키면서도, 이것들을 예술적 언어의 경지로 끌어 올리는 성취를 거두었습니다. 한마디로 감각을 재배치한 것입니다. 일상 언어가 예술적인 언어가 되고, 문학의 언어로 표현할 수 없다고 생각했던 것들이 소설의 주제가 되는 일들이 김승옥의 작품에서 이루어졌던 것이죠.

세속으로의 귀환

김승옥은 이렇게 속된 것과 성스러운 것을 종합함으로써 평가를 받았는데요. 그의 작품 속에는 대립하는 또다른 개념 쌍이 존재합니다. 그것은 바로 '시민적 삶'과 '예술가의 삶'이 라는 두 개의 개념인데요. 김승옥의 작품에서 이 둘 사이의 긴장이 처리되는 방식은 앞서의 예술적 언어와 속된 언어가 종합되는 방식과 다릅니다.

그는 4.19혁명이 일어난 해인 1960년에 대학에 입학한 4.19세대입니다. 하지만 이듬해에 다시 5.16으로 군사정권 이 들어서면서 혁명의 열기는 오래 지속되지 못했고, 이러 한 변화 속에서 예술가가 시민적 삶을 살기란 어려웠습니 다. 혁명으로 정권을 교체한 지 1년만에 군사정권이 들어선 상황에서 예술과 시민적 삶의 조화를 말한다는 것 자체가 불가능했을 것입니다. 시민이면서 예술가이기는 그 자체로 어려운 과제인데, 시민으로서의 삶이 보장되지 않는 사회에 서 이 두 삶을 조화시킬 수는 없었겠죠.

이러한 어려움 때문일까요. 두 가지 삶 속에서 갈팡질팡 하던 김승옥 작품 속 젊은이들처럼, 김승옥 역시 예술가적 충동을 발산하기보다는 억누르고, 생활인으로서 적응하는 삶을 살아야 했는지도 모르겠습니다. 김승옥이 후에 상대적 으로 대중지향적인 장르인 영화로 예술의 기반을 옮겨 가야 했던 것도 건강한 시민적 삶을 살면서 예술을 하는 삶이 불가능한 시대적 한계와 무관하지 않을 것 같습니다. 이런 이유 때문일까요. 1960년대 그의 작품이 보여 준 빛나는 성취를 생각했을 때, 그의 전성기는 상대적으로 짧았습니다. 「무진기행」, 「서울 1964년 겨울」, 「환상수첩」 등 그의 주요 작품은 대부분 이십대 초반에 쓰여졌습니다. 이렇게 1960년대에 왕성한 작품활동을 보여 준 김승옥은 1970년대에는 영화계, 출판계 등을 넘나들며 다양한 활동을 벌입니다. 1970년대의 흥행영화 중 하나인 「영자의 전성시대」(원작: 조선작, 각색: 김승옥)의 각본 작업에도 참여했고요. 한동안은 소설과 시나리오 작업을 함께 병행하기도 했지만, 1980년 이후 절필을 한 이후로 소설 창작 활동은 거의 접었다고 할 수 있습니다. 그 이후로 지금까지 신앙생활에 열중하고 있는 것으로 알려져 있습니다.

1995년에 문학동네에서 나온 김승옥 전집의 광고 문구는 인상적입니다. 젊은 김승옥 사진 옆에 "단 24편의 소설로 한 시대를 대표하는 작가, 후배 소설가들에게 가장 많은 영감과 영향을 주는 작가"라는 문구를 넣어서 전집을 홍보하고 있는데요. 이 문구는 결코 과장이 아닙니다. 문구대로 김승옥의 작품 활동은 거의 1960년대에 집중되어 있지만, 이때의 작품들은 많은 후배 작가들에게 영향을 주었습니다.

앞서 살펴본 것처럼 많은 작가들과 평론가들이 김승옥 작품의 영향을 인정하고 있죠. 또한 현존하는 작가로는 드물게 그의 이름을 딴 문학상('김승옥 문학상')이 있는 작가이기도 합니다. 그만큼 한국 문학사에 있어 상징적인 의미가 있는 중요한 작가라고 할 수 있겠습니다.

2. 파괴된 순수, 아버지의 부재

아버지를 여읜 남자아이의 시선

김승옥 소설에 대해 말할 때 전후 세대와는 다른 소설을 들고 나왔다고 선을 긋지만, 그렇다고 전쟁의 흔적이 아예 없는 것은 아닙니다. 그가 작품 활동을 시작한 1960년대는 휴전이 된 지 십 년도 채 안된 시기였고, 여전히 한국전쟁의 상처는 아물지 않은 상태였습니다. 언제 또 전쟁이 터질지 모른다는 불안감도 여전했고요. 물론 그의 소설에 등장하는 전쟁의 흔적은 이전의 전후 세대 작가들과는 다른 방식으로 드러납니다. 앞 장에서 살펴보았던 손창섭의 작품들과 비교해 보면, 이런 차이가 분명히 드러나는데요. 손창섭의 소설에는 전쟁에 직접적으로 휘말린 성인 남성의 시선이 있습니다. 어떻게든 이 전쟁의 폐허로부터 도망치거나 이겨내거나 해야 하는 거죠. 하지만, 김승옥의 소설에서 전쟁을 바라보는 시선의 주체는 어린 남자아이의 것입니다. 이는 소설을 쓴 당사자가 전쟁을 겪었을 때의 나이와도 관계가 있겠죠. 세대론적인 측면에서 김승옥은 유년기에 전쟁을 목격했기 때문에 아이의 시선에서 전쟁을 바라보고 있으며, 이러한 시각은 성인 남성으로 전쟁을 겪은 경우에 비해 어느 정도 거리를 두고 전쟁을 그려 낼 수 있었던 것입니다.

이렇게 김승옥의 소설에서는 전쟁의 폭풍이 지나간 후 폐허에 남은 아이의 시선을 확보하고 있습니다. 「염소는 힘이 세다」, 「건」과 같은 작품에서 이런 아이의 시선은 분명하게 드러나는데요. 이 소설에서는 열 살 안팎의 남자아이의 시선으로 이야기가 서술되는데, 아이에게는 아버지가 없습니다. 대신 홀어머니나 누나가 집안의 생계를 책임지고 있고요. 이렇게 살고 있는 아이의 눈에는 두 가지 세계가 대립합니다. 한편에는 힘이 있는 남자들의 세계가 있습니다. 이 세계는 돈이 오가는 세계이기도 하죠. 그리고 그 반대편에는 어머니나 누이가 있는데 앞서 말한 남자 어른들의 세계와는 다른 순하고 순수한 세계입니다. 하지만 소설 속에서 이러한 이항 구도는 유지되기가 어렵습니다. 부재하는 아버지를 대신해 어머니나 누이가 돈을 벌러 도시에 나가야 하는 이상, 순수는 지켜지기 어렵지요. 이 아이는 결국 이렇게 순수가 무너지는 것을 무력한 시선으로 바라보는데, 이런 무력함이 면죄가 되는 것은, 이 시선이 '아이'의 것이기 때문입니다.

그런데 이러한 이분법이 오래 유지되면서 성인 남성의 세계 속에서도 힘을 발휘한다면, 그것은 좀 버거운 것이 됩니다. 「환상수첩」의 경우가 그렇죠. 이 이야기에서는 순수와 범속한 세계가 대립됩니다. 여기서 범속한 세계는 앞서 말한 순수에 대립되는 힘센 어른들의 세계와 유사합니다. 다만 이제 더 이상 화자가 아이의 위치에 있는 것이 아니기 때문에, 그렇게 무섭고 대단해 보이는 세계는 아닙니다. 오히려 별 볼 일 없이 평범하기만 한 속된 세계입니다. 「환상수첩」의 주인공인 이십대 대학생인 남성 인물은 이렇게 순수와 범속의 대립 사이에서 갈팡질팡합니다. 범속한 세계를 완전히 포기하지도 못하면서도 순수한 세계를 기웃거리죠. 그러다가 그들은 '위악'(僞惡)을 부립니다. 위악은 과시하듯 억지로 '악'을 행하는 것으로, 위악의 대상은 자기 자신일 때도 있고, 여성들일 때도 있습니다.

이렇게 김승옥의 소설 세계를 다소 범박하게 정리를 해볼 수 있습니다. 전후에 던져진 어린아이의 눈으로 본 순수와 범속의 세계, 그리고 그 세계관을 유지한 채 성인이 되어 버린 인물들이 보이는 위악의 포즈가 있습니다. 지금부터는 김승옥 소설의 이러한 특징을 좀 더 구체적으로 살펴보기 위해, 먼저, 남자아이의 시선으로 전쟁의 폐허를 바라본 작품들을 살펴보려고 합니다. 김승옥의 단편에서 전쟁은 한국전쟁의 이데올로기적 성격이나 동족상잔의 비극이라는 측면보다는 고향의 상실, 순수한 시대의 파괴라는 측면에서 의미를 갖습니다. 전쟁은 남자 어른(아버지)을 빼앗아갔고, 남은 식구는 어머니, 누나, 할머니 그리고 어린 남자아이인 '나'뿐입니다. 이런 가족 구성은 김승옥의 소설에 자주 등장하는데요. 앞서 말했듯 이런 구조 속에서 어머니와 누이는 힘이 약한 반면, 이들이 돈을 벌어야 하는 도시는 힘이 세고 교활한 이들의 술수가 난무하는 세계입니다. 한쪽에는 순수가 다른 한쪽에는 속물들이 있는 구도인 거죠. 이런 구도에서 살아남으려면 어머니와 누이의 순수는 타락할 수밖에 없고, 아이는 이런 현실을 목격하지만 별다른 수가 없습니다.

그런데 이런 관계는 이후의 한국 남성 작가의 소설에서도 자주 등장하는 구도이기도 하죠. 한국사회가 식민통치와 전쟁을 겪고, 서구식 근대국가 모델을 추종하면서 생겨난 모순에 희생되면서, '아버지'들은 죽거나 사라지거나 무능한 상태로 남아 있어야 했습니다. 1960~70년대에 활동했던 작가들의 아버지들도 사정은 별반 다르지 않았고요. 김승옥, 이청준, 황석영 등 당시에 활발하게 작품활동을 했던 이 세 남자 작가들은 모두 아버지를 일찍 여의었다는 공통점이 있습니다. 그리고 이들 아버지 세대가 이른 죽음을 맞이한 데에는 각각 개인차는 있지만, 전쟁과 분단 등 사회사적 변화와 직간접적인 연관이 있습니다. 그러니까 김승옥 소설에서 볼 수 있는 아버지의 부재라는 서사 형식은 그가 살았던 시대적 상황과 긴밀한 관계가 있다고 할 수 있습니다.

"염소는 힘이 세다"

「염소는 힘이 세다」(1966)는 바로 이러한 아버지 상실과 순수의 타락이라는 주제가 잘 드러난 대표적인 작품입니다. 이 소설에는 전쟁으로 남자 식구를 잃고 할머니, 어머니, 누이와 함께 사는 열두 살 '나'가 등장합니다. 소설은 "염소는 힘이 세다. 그러나 염소는 오늘 아침에 죽었다. 이제 우리집에 힘센 것은 하나도 없다. 염소는 힘이 세다"_{김승옥, 「염소는 힘이 세다」, 312쪽}라는 구절로 시작됩니다. 그리고 이 구절은 하나의 장면이 시작될 때마다 조금씩 변주되면서 반복됩니다. 아버지(힘센 것)가 없는 우리 집에 그나마 힘센 것이 '염소'였습니다.

나머지는 모두 약해 빠졌습니다. 할머니를 비롯한 여자 식구들은 물론이고, 집을 이루는 모든 것, 판자로 만든 담, 염소를 묶은 말뚝마저도 형편없었죠. 그러다 보니 염소는 약한 말뚝을 뽑고 집을 나가 말썽을 피우다가 하필 옆집 생사탕 가게의 화로를 망가뜨리는 난동을 피웠고 결국 매질을 당해 죽어 버렸습니다. 이제 우리집엔 '힘센 것'이 하나도 안 남게 되어 버렸고, 귀가 잘 안 들려 목청만 커진 할머니, 병을 앓는 어머니, 그리고 열일곱 살인 누나와 '나'뿐입니다. 나는 이 집의 유일한 남자이지만, "아유 우리 예쁜 고추야!" 김승옥, 「염소는 힘이 세다」, 319쪽라고 할머니에게 예쁨을 받는 아이에 불과하니 염소를 매질해서 죽여 버린 남자들에게 상대가 안 됩니다.

반면, 온통 약한 것밖에 없는 우리 집에서 나와서 바깥을 보면 힘이 센 남자 어른들의 세계가 있습니다. 그들은 아이 입장에선 냄새만 맡아도 절로 구역질이 나는 돼지기름 냄새 나는 국수를 맛있게 먹는 지게꾼들입니다. 그런데, 염소의 죽음은 뜻밖에 우리 집에 힘센 남자 어른을 불러 모으는 계기가 됩니다. 할머니가 죽은 염소를 파묻는 대신에, 염소탕을 만들어 팔기 시작했기 때문이죠. 유일한 우리 집 재산이었던 염소가 이제 염소탕이 되어 "수염이 시커멓고 살

갖이 시커멓고 가슴이 떡 벌어졌고 키가 크고 손이 큰 남자들"_{김승옥, 「염소는 힘이 세다」, 324쪽}을 끌어모으기 시작한 것입니다.

이것을 그래프로 그려 보면 다음과 같습니다.

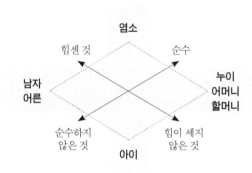

이렇게 남자 어른과 여자 식구들은 대립관계입니다. 한편, 염소는 우리 집의 유일한 힘센 것이었고요. 아이는 힘센 것이 아니니까, 힘센 것과 모순 관계에 있습니다. 여기서 죽어서도 힘이 센 염소가 문제인데요. 염소탕이 된 염소는 돈을 벌어다 주었고 그 덕에 아픈 어머니가 병원에 입원할 수 있었습니다. 하지만 그게 전부가 아닌 것이, '힘센' 염소가 (죽어서) 끌어 모은 남자 어른들은 힘센 것이면서, 순수에 대립되는 것으로, 이 집에 들어와 누이의 순수를 파괴합니다.

염소탕을 먹으러 온 남자 어른(합승회사 관리인)이 누이를 희롱하고 강간하고 남동생인 아이는 그것을 목격하고도 제대로 소리 한 번 못 지르고 맙니다. 마지막 장면은 우리 집 앞으로 지나가는 누나가 탄 합승버스를 마중하는 것입니다. 버스 안내원이 된 누나가 "오라잇"을 외치고 떠나는 것을 바라보는 아이의 시선이 있습니다. 이 아이는 힘센 것들이 순수를 파괴하는 흐름을 끊을 힘이 없습니다. "염소는 힘이 세다. 그러나 염소는 오늘 아침에 죽었다. 이제 우리 집에 힘센 것은 하나도 없다"_{김승옥, 「염소는 힘이 세다」, 312쪽}라는 구절의 반복은 아무것도 할 수 없는 '나'의 무력한 처지를 토로하는 말로 보입니다.

「염소는 힘이 세다」는 아직 성인이 아닌 남자아이의 시선으로 서술됩니다. 이로써 아버지의 부재 속에서 무력한 아들의 상황이 상당부분 면죄가 됩니다. 아직 아이이니까 어쩔 수 없는 것이죠. 남자아이는 아직 어른이 아니기에 누이의 '순수'를 파괴한 폭력적인 남성성으로부터 거리를 둘 수 있으면서도, 파괴된 '순수'에 대해서는 슬퍼할 자격을 획득합니다.

위악의 시작 : 「건」(乾)

순수가 파괴된 세계, 그리고 그러한 세계를 연민 가득한 눈으로 바라보는 '나'의 시선은 「건」(1962)이라는 작품에서도 반복됩니다. 한 가지 다른 점이 있다면 이제 순수의 상실을 연민하는 데에 그치지 않고 '위악'적인 행동을 더한다는 것입니다. 이 이야기에서는 빨치산이 시를 습격한 다음 날의 풍경이 그려집니다. 시립병원이 불타 숯덩이가 되었고, 그 외에도 방화의 흔적이 여기저기에서 보입니다. '나'가 고통스러운 것은 공격의 목표물 중의 하나였을 방위대 본부 역시 화재로 무사하지 않기 때문입니다. 전소된 방위대 건물은 아이에게 특별한 의미를 지닙니다. 이제 화재로 허물어져 버린 그 건물은 애초에 부호의 저택으로 오랫동안 아이들의 비밀 놀이터였던 곳이었고, 아이가 정성껏 벽화를 그려 놓은 곳이기도 합니다.

　하지만 전쟁으로 인민군과 방위대가 차례로 점령했고 결국 아이들과 나의 비밀스러운 추억이 담긴 공간이 양 진영의 싸움에 의해 희생된 것입니다. 아이는 전쟁이 끝나면, 점령군이 떠나기만 하면 자신의 작품인 벽화를 다시 찾아보려고 했는데, 이제 전쟁이 끝나도 영영 다시 볼 수 없게 된 것입니다. 이 장면은 세상이 다시 전쟁 이전으로는 돌아갈 수 없다는 것을 상징적으로 보여 줍니다.

　전투의 흔적은 전소된 방위대 건물에만 있지 않습니다. 아이는 다른 구경꾼들 사이에 끼어 총에 맞아 쓰러진 '빨갱이 시체'를 목격합니다. 아이는 친구들에게 '빨갱이 시체'를 보고 왔다고 무용담을 자랑하려고 했습니다. 아이들 사이에서 '빨갱이'는 '무섭고 잔인하다고 소문난' 존재이기 때문입니다. 그런데, 아이가 본 장면은 기대와는 다릅니다. "길게 자란 수염과 헝클어진 머리칼"_{김승옥, 「건」, 64쪽}을 하고 쓰러진 시체는 초라하기까지 합니다. 게다가 총에 맞아 쓰러지면서 허리춤에 차고 있던 밥 보따리가 엎어지기라도 했는지, 땅바닥에는 밥알이 흩어져 있습니다. 시체를 바라보는 아이의 시선에서 어딘가 모를 씁쓸한 비애가 느껴지기까지 합니다. 그런데, 여기서 끝나지 않습니다. 하필 아이의 아버지는 '식육 조합원'이라는 이유로 '빨갱이 시체' 매장에 나서게 되고, 아이는 그런 아버지를 부끄러워합니다. 이렇게 드물게 소설에 아버지가 부재하지 않는 경우, 그 아버지는 강한 이미지가 아니라, 부끄러운 대상으로 등장합니다.

　그리고 아이는 '위악'(僞惡)을 부립니다. 빨치산의 습격을 받은 다음 날, 아이는 형들이 벌이는 추악한 음모에 가담합니다. 형들의 부탁으로 윤희 누나를 으슥한 흉가로 불러내지요. 이 위악의 배경엔 '비밀 장소'의 벽화가 전소됨으로써 순수의 세계도 끝이 났다는 실망감, '추악한 빨치산' 시체 매장이나 하는 아버지에 대한 부끄러움이 있죠. 결국 아이의 위악은 자신의 왜소함을 감추기 위한 행동이라 할 수 있습니다. 이야기 속의 아이는 계속해서 다른 또래 아이들보다 자신이 세다는 것을 보여 주고 싶어 했습니다. 그러니까 무서운 것을 아무렇지도 않게 극복해 버리는 강인함을 보여 주고 싶었는데, '무섭고 잔인하다고 소문난 빨갱이'는 초라한 시체가 되어 길바닥에 쓰러져 있었던 거죠. 이는 적대감보다는 차라리 연민을 불러일으키는 장면에 가까워 보입니다. 그리고 자기 아버지는 그런 시체나 치우는 사람이라는 거죠. 이런 상황에서 아이는 형들의 음모에 가담하는 방식으로 위악을 보입니다. '나도 이 정도로 세다, 악하다' 이런 걸 보여 주고 싶어하는 겁니다. 이 위악적 행동은 자기 자신에게 향하기도 하지만, 타인에게, 특히 여성이나 약자에게 행해진다는 점에서 문제적입니다.

3. 범속한 세계의 위악

「건」,「염소는 힘이 세다」는 어린 남자아이의 입장에서 아버지가 부재한 세계를 바라보는 이야기였습니다. 아이가 파괴되었다고 생각하는 강한 아버지가 살아 있는 순수한 세계는 환상 속에나 있는 것이지, 현실세계에서는 애초에 부재하는 것입니다. 하지만 '상실'은 원래 있던 것을 잃어버린 것만 말하는 것이 아닙니다. 처음부터 가지고 있지 않았던 대상에 대한 것일 수도 있죠. 여기서 아이로 등장하는 인물이 상실했다고 느끼는 것은, 힘센 아버지의 부재, 그리고 순수를 상징하는 '누이'를 범속하고 힘 센 세계인 도시에 빼앗겼다는 인식입니다. 그렇다면 누이를 도시에 뺏긴 남자아이는 자라서 도시에 나가면 어떻게 될까요. 이제 이 부분을 살펴봐야 합니다.

김승옥 소설에 등장하는 인물들의 특징 중 하나는 그들이 지닌 이상(理想)이 꽤 크다는 것입니다. 예술을 하겠다고 말을 하지만 실제로는 사고만 치고 다니는 대학생(『환상수첩』)이나, 겨울밤 선술집을 돌아다니다가 한 남성의 자살을 목격하는 청년(『서울 1964년 겨울』)을 보면, 별 볼 일 없이 방황하는 젊은이에 불과해 보입니다. 하지만 이들의 방황은 사실 이들이 가진 이상이 크기 때문에 생긴 일이기도 하죠. 이상은 큰데 현실은 남루하고, 자기 자신 역시 평범합니다. 평범한 사람이라면, 세속적인 세계 속에서 적응하고 살아야 하는데 또 그건 마음에 안 드는 상태로, 보통 사람들과 달리 현실과 쉽게 타협하지 못하는 것이 김승옥의 인물입니다. 「환상수첩」, 「서울 1964년 겨울」, 「생명연습」 등에 등장하는 젊은이들은 세속적인 세계 혹은 그런 세계에 적응하고 살아야 하는 자기 자신의 범속성에 대한 실망을 적나라하게 드러내 보여 주고 있습니다.

그런데 이런 소설 속 인물들의 모습은 김승옥 작가 개인의 예술관과도 닮아 있습니다. 김승옥은 1995년 전집을 출간하면서 쓴 작가의 말에서 자신에게 소설 쓰기란 무엇이었는지를 회고하는데요. 그는 "소설 쓰기는 나에게는 신성한 것"_{김승옥, 「작가의 말: 나와 소설 쓰기」, 6쪽}이었다고 합니다. 그에게 소설은 일상과는 다른 차원의 "구원"의 의미를 지닌 것이었고, 그가 이런저런 부수적인 일을 한 것은 글을 쓰기 위한 생계 수단이었다는 거죠. 이런 그의 말을 들어 보면 그가 종교에 귀의한 이후 더 이상 소설을 쓰지 않게 된 것은 자연스러운 귀결이라고 할 수 있겠습니다. 종교에서 구원을 찾은 이상 소설 쓰기는 필요가 없어진 것이겠지요. 그런데 이렇게 글쓰기와 생계를 구분하는 것이 당연한 것은 아닙니다. 작가에 따라 이러한 구분이 가능하지 않기도 하죠. 하지만 김승옥에게는 이런 구분이 매우 중요했던 것 같습니다. 그리고 이러한 작가의 관점이 작품 속의 남성 인물들의 이분법에 작용했을 거라는 추정도 가능하겠지요.

이상과 냉소 : 「환상수첩」

김승옥이 1962년 발표한 「환상수첩」에는 속된 세계에 안착하지 못하고 갈팡질팡하는 젊은이가 등장합니다. 정우는 서울대 재학생입니다. 시골의 부모는 아들 정우가 하루빨리 대학을 졸업해 서울에서 자리를 잡기를 기다리고 있는데요. 그러기만 하면 다른 식구들도 아들의 성공을 발판 삼아 '남들처럼 살 수 있'을 것이라는 계산이죠. 하지만, 정우는 부모가 바라는 것과 달리 속된 세계에 적응을 제대로 못 하고 있습니다. 그는 속된 세계를 경멸하고, 문학을 통해 순수한 세계로 나아가는 일에 관심을 가지고 있지만, 그렇다고 문학에 투신할 자신도 없습니다. 대학 강의도 시시하다, 문단도 별 게 아니다, 라는 말을 하면서 센 척을 하지만, 사실 당장 쓸 생활비가 없어 공부보다는 돈벌이를 하지 않으면 안되는 처지입니다. 그는 생계비를 위해 야경꾼 일을 하면서도, 어쩌다 돈이 생기면 술을 마시고 탕진을 하는 식으로 허세를 부립니다. 이렇게 열등의식은 위악으로 표현되고, 특히 그 위악이 여성을 향한다는 점에서 문제적인데요. 결국 그의 철없는 행동 때문에 선애라는 여성이 목숨을 잃습니다.

　이 작품 속 인물들에게 '범속한 생활'과 '의미 있는 삶'은 대립관계입니다. 이 대립은 다른 말로 하면 현실과 이상 간의 대립인데요. 이 둘은 김승옥의 세계에서 좀처럼 양립하지 못합니다. '범속한 삶은 싫다, 무엇인가 목숨을 던질 만한 일을 찾아야 한다'라는 인생관을 추구하는 이는 이 대립의 간극이 클수록, 그렇게 목숨을 던질 만한 일을 찾지 못합니다. 웬만한 것은 모두 시시한 일이기 때문입니다. 정우의 위악은 이러한 사정에서 기인합니다. 이 작품에는 정우 외에도 세 사람의 젊은이가 등장하는데요. 작품 속에서 끝까지 목숨을 부지한 인물은 수영입니다. 그는 살아남아, 정우의 유고인 '환상수첩'을 읽고 있습니다. 그가 살아남았던 것은 범속한 세계에 투신하는 것 자체에 대해 큰 갈등이 없었기 때문일 것입니다. 그는 친구를 모델 삼아 춘화를 만들고, 그런 춘화 때문에 여동생이 윤간을 당하는 것을 보고도 변화가 없었습니다. 반면, 수영의 춘화의 모델이 되었고, 술과 여자로 젊음을 탕진했던 윤수는 달랐는데요. 그는 수영의 여동생이 윤간을 당했다는 이야기를 듣고 깡패들에게 복수하려다 목숨을 잃게 됩니다. 이상과 현실 사이의 괴리에서 갈팡질팡하던 정우 역시 이 수첩을 남기고 세상을 떠납니다.

너무 일찍 늙어 버린 청년들의 자화상: 「서울 1964년 겨울」

1965년 발표된 「서울 1964년 겨울」에도 젊은이들이 등장합니다. "오뎅과 군참새"를 파는 "카바이트 불"이 흔들리는 포장마차 같은 곳에서 두 사람이 술을 마시면서 "꿈틀거리는 것을 사랑하십니까?" 따위의, 짐짓 심각한 척 꾸미고는 있지만 자세히 들어 보면, 도통 무슨 의미인지 모를 이야기를 나누고 있습니다. 그런데 이 두 젊은이 사이에 다른 남자가 끼어듭니다. 이 남자의 인상은 별로 좋지가 않았습니다. "가난뱅이 냄새가 나는"김승옥, 「서울 1964년 겨울」, 270쪽 데다가 뭔가 사연이 있는 듯한 행색이었거든요. 먼저 이야기를 나누고 있던 두 젊은이도 우연히 술자리에서 동석한 사이로 심각한 이야기를 나누려는 게 아니었습니다. 그저 서로를 심심풀이 이야기 상대쯤으로 여기고 있었고 겨울밤을 적적하지 않게 보내려는 게 목적이었기 때문에 그 사내의 침입이 다소 부담스러웠죠. 하지만 거절하지 못하고 결국 세 사람이 어울리게 됩니다.

역시 사내는 예상했던 대로 심각한 사연을 털어놓습니다. "서적 월부판매 외교원"에 불과한 그는 병사한 아내의 장례를 치를 돈 몇 푼이 없어서 병원에 '사천 원을 받고' 시체를 팔고 오는 길이라고 합니다. 그런데 또 딱하게도 사내는 그 돈을 술자리에서 다 탕진하고 있는 거죠. 초면에 듣기에는 다소 부담스러운 딱한 사연이 아닐 수 없죠. 사내는 우연히 목격한 화재 현장에 아내의 시체와 바꾼 돈을 던져 버리는 것으로 하루를 마감하고 여관방에서 자살합니다. 두 사람은 다음 날 아침 사내의 시체를 발견하고는 꺼림칙해하면서 도망치듯 여관방을 빠져 나옵니다.

두 젊은이는 범속한 세계에 대해 불만은 있지만, 이러지도 저러지도 못하는 상태라고 할 수 있습니다. 겨울 밤 낯선 사람과 무의미한 농담을 주고받고 있는 것이 일종의 회피였던 거죠. 그런데 "우리는 분명히 스물다섯 살짜리죠?"라는 안(安)의 물음을 보면 간밤에 돌연 등장한 이상한 사내가 그들에게 뭔가를 남긴 것 같습니다. 자기들이 너무 일찍 늙어 버렸다는 자각, 그러니까 범속한 세계에서 아무것도 할 수 없다고 회피해 버린 자신들의 상황을 자각하는 순간을 그 사내가 제공한 것입니다. 이 물음은 매정한 도시의 현실에 너무 잘 적응해 버린 자신에 대한 질문이기도 합니다. 내가 너무 늙어 버린 것은 아닌가, 하는 자각 같은 거죠. 달관한 늙은이마냥, '삶이란 의미 없는 것투성이'라고 허세를 부리지만, 사실 이들은 그런 자신이 못마땅한 것이죠. 하지만, 그렇다고 이러한 무의미에서 벗어날 뾰족한 수를 찾지는 못하고 소설은 끝이 납니다. 간밤에 죽은 사내가 이들에게 내상을 남긴 것은 맞지만, 그것이 이들의 발걸음을 멈추게 할 정도는 아닌 거죠.

4. 속된 세계로의 입장료

속된 세계와 억누른 무의식: 「무진기행」

「무진기행」(1964)은 김승옥의 소설 중에 가장 유명한 작품 중 하나이기도 하고, 1960년대 한국 소설의 대표작이기도 합니다. 이 이야기는 '나'(윤희중)가 고향인 무진으로 내려가면서 시작하죠. 그는 제약회사 사위로 곧 임원 승진을 앞두고 있습니다. 돈 많은 처가 덕에 출세를 한 것인데요. 앞서 살펴본 김승옥 소설 속 인물들과 상황이 조금 다릅니다. 이제까지 살펴 본 소설에서는 이상과 현실 사이에서 갈등하고, 출세에 관심이 없는 것은 아니지만, 그게 잘 안 되면서 위악을 떠는 인물들이 나왔다면, 「무진기행」의 윤희중은 서울에서 경제적 성공을 이뤘으니 시골 사는 부모의 희망을 어느 정도 이루었다고 할 수 있습니다. 그는 무진에 내려와 잠깐 그 출세길에서 벗어날 것 같은 일탈을 하지만, 그것은 말 그대로 일탈일 뿐, 다시 서울로 향하는 방향으로 마무리됩니다.

「무진기행」에서도 앞서서 살펴본 이상(순수)-현실(범속)이라는 구조가 보이지만, 그보다 중요한 것은 무의식-의식의 구조입니다. 여기서 고향 무진은 무의식이고, 이 무의식을 억누르고 안착한 곳이 서울 생활(제약회사 전무)입니다. 윤희중에게 무진은 "다른 어느 곳에서도 하지 않았던 엉뚱한 생각을", "아무런 부끄럼 없이"^{김승옥, 「무진기행」, 161쪽} 할 수 있는 곳입니다. 여기서 "부끄럼 없이"라고 명시한 부분이 인상적입니다. 이는 그가 생각한 것들이 의식의 차원에서라면 허락되지 않는 것이기 때문입니다. 무진에서 그가 마주치는 것은 모두 그런 무의식적 욕망을 드러내는 것으로, '교미하는 개', '미친 여자', '창녀의 시체', 그리고 하인숙이라는 여자입니다. 이것들은 모두 무의식 차원에 있는 것으로, 그가 도시 생활을 잘 해내기 위해서는 모두 억제해야 하는 것이기도 합니다. 그는 부잣집 사위가 된 이상 출세를 위해 세속적인 질서에 맞게 잘 타협하고 속으로는 어떨지 몰라도 예의 있고 고상하게 행동해야 하는 것입니다.

「역사」(力士, 1964)라는 김승옥의 다른 소설에서는 쾌적한 부잣집에서 하숙 생활을 하는 남자가 부잣집의 쾌적함에 가려진 위선과 고상한 척에 진절머리를 치는 장면이 나옵니다. 그는 주인집 사람들에게 복수를 한답시고, 주인집 식구들이 마시는 물 주전자에 최음제를 타는 일을 꾸미기도 하지요. 이런 일을 꾸미는 것은 성(性)에 대한 억압이 부르주아적 핵가족의 특징 중의 하나이기 때문으로, 그것을 해방시켜 버림으로써 이 가족을 엉망으로 만들고 싶었던 것이죠. 이런 구도를 「무진기행」에도 적용해 본다면 도시 중산층으로 편입하기 위해서는 성욕과 같은 무의식 차원에 있는 것을 억제해야 한다는 것도 이해할 수 있겠지요.

'무의식'이라는 말에서 알 수 있듯이 이런 구도는 프로이트의 것이기도 합니다. 프로이트식으로 말하면, 문명이란 에로스 충동이나 죽음 충동을 억제한 대신에 얻은 안전한 생활입니다. 하지만 그렇기 때문에 문명 속에서는 불만이 있을 수밖에 없습니다. 그래서 프로이트의 대표적인 책 중에『문명 속의 불만』이 있지요. 하지만 프로이트는 이 불만 때문에 문명을 포기하는 일은 생길 수 없다고 강조하지요. 「무진기행」의 윤희중도 이 프로이트의 구조에 어느 정도 맞아 떨어집니다. 서울 생활에서 그도 어느 정도 '불만'을 느끼는 것 같습니다. 하지만 그는 절대 그 불만 때문에 문명(혹은 도시 부르주아의 생활) 자체를 포기하지는 않습니다. 결국 그는 무진을 뒤로 하고 다시 서울로 향합니다. 잠깐이나마 자신을 유혹했던 많은 충동들이 있었지만, 그것은 잠깐의 쾌

락일 뿐, 그것 때문에 도시의 삶을 포기하지는 않는 것이죠. 이러한 모습은 속된 삶과 순수 사이에서 갈팡질팡하던 젊은 이에 비하면 태도가 분명해진 것이라 할 수 있고, 범속한 세계에서의 생활을 등질 수 없을 만큼 깊게 발을 담근 것이라 할 수 있습니다.

억압된 충동의 회귀: 「야행」

「야행」의 주인공은 김승옥 소설에서 드물게도 현주라는 '여성' 인물입니다. 그녀는 귀갓길에 우연히 낯선 남자에게 이끌려 여관방에 갑니다. 그런데 이 일에 대한 여자의 반응이 조금 특이합니다. 소설 속 표현을 빌리자면 "남편 아닌 다른 사내의 몸이 자기의 몸에 닿았던" 사건에 대한 책임이 "그 불량배가 아니라 자기와 자기의 남편"김승옥, 「야행」, 349~350쪽 에게 있다고 생각합니다. 사건의 책임이 "자기와 자기의 남편"에게 있다고 생각하는 것은 무슨 의미일까요.

여자의 이 말을 이해하기 위해서는 이 여자가 처한 상황이 무엇인지를 살필 필요가 있습니다. 이 소설의 배경은 1960년대로, 여성의 경우 결혼을 하게 되면 직장을 그만두는 게 보통이었지요. 같은 회사를 다니는 커플의 경우 둘 중 한 사람은 그만두어야 하는 것이 일반적인 룰이었습니다.

매우 불합리한 제도였지만, 당시에는 아주 당연하게 여겨졌던 관행이었습니다. 그런데 현주 부부는 결혼 사실을 숨긴 채 같은 은행에서 일을 하고 있습니다. 생활비를 생각하면 맞벌이를 포기할 수 없었고, 결혼식도 생략한 채로 같이 살되, 직장인 은행에는 알리지 않기로 한 것입니다.

'불량배'를 만난 사건 이후 여자는 자신의 결혼 생활을 되돌아보게 됩니다. 표면적으로는 '경제적 이유' 때문에 어쩔 수 없는 선택이라고 결혼 생활을 감추었지만, 결혼 자체가 허위이고 위선으로 느껴지기 시작합니다. 여자는 돌연 밤 외출을 감행하는 대담함을 보입니다. 퇴근 후 귀가를 미루고, 일부러 술집 영업이 끝나는 시간을 택해 술 취한 남자들이 다니는 늦은 밤길을 서성입니다. 하지만, 그녀는 처음 밤 거리를 나오면서 생각했던 것과 달리 금기를 넘지는 않습니다. 밤 거리의 술취한 남자들이 여자들을 유혹하지만, 그들의 수작은 그야말로 잠깐의 외출이고 일탈일 뿐, 자기의 알량한 생활은 하나도 해치지 않는 범위에서 조건부로 여자에게 수작을 거는 것에 불과하다는 것을 깨닫기 때문이죠. 내일이면 그 남자들은 다시 해장국을 챙겨 먹고, 어엿한 가장 행세를 하고 깨끗하게 세탁된 와이셔츠를 입고 출근할 사람들인 것입니다. 그녀의 남편처럼요. 반면, 그녀가 꿈꾸는 일탈은 그런 조건부가 아니었고, 보다 근본적이고 위험한 차원에 있었던 것입니다.

여자는 밤거리의 남자들을 보면서 그들이 자신과 함께 일탈할 대상이 아니라는 것을 확인하고 실망감과 동시에 그들에 대해 증오심을 느낍니다. 지금은 술에 취해 헝클어진 와이셔츠 차림이지만, 불과 몇 시간 전만 해도 넥타이를 매고 점잖은 척했을 사람들이라는 것을 알기 때문입니다. 이런 이중성을 자기 남편에게서도 보고 있는 겁니다. 직장에서는 시치미 뚝 떼고 있고, 출퇴근도 따로 하고 있지만, 결국 두 사람은 한 집에서 살고 있는 부부니까요.

여자는 뒤늦게 깨달았다고 할 수 있습니다. 세련된 겉모습은 거짓된 삶을 감추는 위장술에 불과하다는 것을 말입니다. 남편은 몰라도 여자는 이 연극을 끝내고 싶어 하고, 끝내야 한다고 생각을 합니다. 어느 날 그녀는 직장인 은행에서 남편을 "박 선생님"이 아니라 집에서의 습관대로 "여보"라고 부르는 실수를 저지르게 됩니다. 그런데 남편은 시치미를 뚝 떼고 "왜! 내가 미스 리 남편 같소?"^{김승옥, 「야행」, 356쪽} 하면서 능글맞게 농담으로 만들어 버립니다. 여자는 무안을 당했지만 표면적으로는 무사히 넘어가죠. 하지만, 이 실수는 여자가 타성에 젖은 연기를 그만해야 할 때라고 생각하게 되는 계기가 됩니다.

　「야행」은 「무진기행」 이후 1969년에 쓰여진 것입니다. 1960년대를 대표하는 작가 김승옥이 1960년대의 마지막에 발표한 마지막 단편이기도 합니다. 「야행」의 여자는 「무진기행」의 윤희중의 다른 버전이라는 생각도 듭니다. 그러니까 도시인이 되기 위해 연기를 하고 살았지만, 억압한 것들이 다시 회귀한 것이라고 해석할 수 있습니다. 앞서 「무진기행」의 윤희중이 도시에서의 생활을 위해 고향의 유혹으로부터 도망가는 길을 택했다고 했지만, 사실 이렇게 억압했다고 해서 그 억압한 것들이 회귀하지 않는 것은 아닙니다. 「야행」을 보면 「무진기행」의 윤희중의 삶이 그렇게 매끄럽고 완벽한 것만은 아니었을 수 있겠단 생각이 듭니다. 또한 「야행」에서 금기의 위반을 꿈꾸는 인물이 여성이라는 점도 한번 더 눈여겨볼 만합니다.

고향의 상실과 자아의 망실 : 이청준

3강 _ 고향의 상실과 자아의 망실 : 이청준

이청준(1939~2008)은 앞서 살펴본 김승옥과 함께 1960년대를 대표하는 작가 중 한 명입니다. 그 역시 김승옥과 마찬가지로 해방 이후 학교 교육을 받은 한글세대 작가인데요. 김승옥은 서울대 불문과, 이청준은 서울대 독문과에서 수학을 했습니다. 두 작가가 공유하고 있는 이러한 특징은 매우 중요한데요. 외국 문학을 전공했다는 사실은 각 작가의 소설 창작에 영향을 끼칠 뿐 아니라, 한국어 작가라는 자기 자신의 자리를 객관적으로 바라보게 하는 거울로 작동하기 때문입니다.

이청준은 1965년 잡지 『사상계』에 「퇴원」이라는 작품을 발표하면서 소설을 쓰기 시작해서 타계하기까지 사십 년이 넘는 긴 세월 동안 집필을 활발하게 했기 때문에 그의 작품을 모은 전집만 해도 서른 권이 훌쩍 넘습니다. 독자층도 두터운 편이고, 「서편제」, 「축제」, 「벌레이야기」(영화 「밀양」) 등의 작품은 영화로도 만들어졌습니다.

　　이청준은 1939년 전남 장흥 출신입니다. 그가 어릴 때 나이 차이 많이 나는 큰 형이 죽고, 얼마 안 있어 부친 역시 일찍 세상을 떠나 이청준은 홀어머니 아래에서 자랐습니다. 그의 소설이나 에세이에 등장하는 유년기에 대한 묘사에서 가난은 빠지지 않는 주제 중의 하나라는 점에서도 이 시기의 어려움을 엿볼 수 있겠지요. 하지만 이런 어려운 환경 속에서도 이청준은 학업에 열심이었던 듯합니다. 그가 살았던 장흥의 마을 어른들은 공부 잘하는 그를 많이 귀여워하고 기대도 많았다고 하죠. 장흥에서 자란 이청준은 중학교를 광주에서 다니게 되는데요. 이때부터 그의 객지 생활이 시작됩니다. 변변한 자취방 하나 구할 수 없어 친척집을 전전하면서 살았다고 하고요. 어려운 고학생 생활은 서울대에 입학해서도 달라지지 않았고 거처를 구하지 못한 날에는 대학 강의실에 숨어 들어가 잠을 자기도 했다고 합니다.

1. 증상의 기원으로서의 고향

이청준의 초기 작품을 읽다 보면 '고향'이 중요한 주제 중의 하나라는 것을 알 수 있습니다. 그의 작품에는 자주 등장하는 설정이 있는데요. 오랫동안 고향에 가지 않았던 인물이 오랜만에 고향을 찾는 이야기입니다. 「눈길」, 「살아 있는 늪」, 「줄광대」 등의 작품이 바로 남쪽의 고향 마을에 이십 년 이상 발걸음을 하지 않다가 고향을 찾게 되는 인물의 이야기입니다. 실제로 이청준은 학업을 위해 장흥을 떠난 이래로, 결혼을 하고 가정을 꾸리기까지 약 이십여 년 동안 고향 장흥을 찾지 않았다고 합니다. 고향 사람들의 기대, 더 정확하게 말하면 고생하는 어머니의 기대를 충족시켜야 한다는 부담이 컸던 것으로 보이는데요. 한 산문에서 그는 오랫동안 짊어지고 있었던 마음의 짐에 대해 토로합니다. 뭔가 그럴듯한 성공을 하기 전에 고향에 내려가기가 어려웠다는 게 그가 고향을 찾지 않은 이유 중 하나입니다. 그는 어린 시절 마을 어른들에게 자주 들었던 "훌륭한 사람이 되어서 우리 고을의 자랑거리가 되거라" 같은 말이 걸렸다고 합니다. 세월이 흘러 생각해 보면 공부 잘하는 아이가 잘 되기를 바라는 마을 사람들의 소박한 염원 같은 것인데, 이것이 오히려 스스로를 "부끄럽게"^{이청준, 「내쫓긴 자의 귀향」, 61쪽}했다는 것이죠.

그런데 그의 소설에 자주 등장하는 시골 출신 인물의 부채의식은 단지 개인적인 것만은 아닙니다. 그가 대학을 다니던 1960년대의 대학 등록금은 농촌의 소득으로는 감당하기 어려운 수준이었거든요. 산업화로 도시화가 가속되고 있었고, 농촌은 수익이 줄고 공동화되는 현상이 심해지고 있었습니다. 이런 배경에서 상아탑이 아니라 우골탑이라는 풍자까지 생겼던 것이죠. 특히 시골 출신의 대학생들은 이런 부담 속에서 학교를 다녀야 했고, 고시 등의 신분 상승이나 경제적 성공은 중요한 목표가 아닐 수 없었습니다. 하지만 그때나 지금이나 인문대 출신의 소설가는 흔히들 상상하는 세속적인 성공과는 거리가 먼 직업일 수밖에 없죠.

이청준 작품의 인물들 역시 이런 이유에서 고향을 찾지 않으려 합니다. 또 어렵게 찾더라도 되도록이면 일찍 떠나려 하죠. 단편 「살아 있는 늪」에는 마을 사람들을 가급적 마주치지 않고자 새벽차를 타고 고향을 빠져 나가려는 인물이 등장합니다. 이렇게 고향에 대해 가진 부채의식 내지는 떳떳하지 못한 감정은 이청준 소설의 단골 주제입니다.

변변치 않은 고향과 '대신 말하기': 「눈길」

이청준의 고향에 대한 의식은 「눈길」이라는 작품에 잘 드러납니다. 이 이야기는 "내일 아침 올라가야겠어요."이청준, 「눈길」, 135쪽라는 문장으로 시작됩니다. 고향에 다니러 온 아들이 점심상을 물리면서 하는 말입니다. '나'의 이 말에 함께 밥을 먹던 노모와 아내가 숟가락질을 멈추고 '나'를 바라봅니다. 모처럼 피서철을 골라왔길래 아들이 오래 휴양을 하려나 보다, 하고 기대했던 노모는 아들에게 여유있게 쉬다 가지 그러냐고 아쉬움을 표현합니다. 하지만, 아들은 퉁명스럽게 서울에서 오가는 데만 이틀이나 걸리는 여정이라 이미 사흘 분의 시간을 써 버린 셈인데, 어떻게 더 시간을 보내겠냐고 볼멘 소리로 대답합니다. 두 모자간에 오가는 대화로 미루어 몇 가지 사실이 드러납니다. 아들은 고향에 자주 오지 않고 내려와도 느긋하게 시간을 보내지 않고 오자마자 떠날 궁리를 한다는 것을 알 수 있습니다. 그리고 그런 아들에 대해 노모는 내심 서운하고 안타깝지만, 적극적으로 아들을 붙잡지도 못하는 형편이고요. 노모는 아들의 눈치를 보고 있고, 그리고 아들은 그런 노모가 못마땅하고요.

　　이 소설이 이청준의 자전적 이야기임을 미루어 짐작해 볼 때, 소설 속 '나'의 고향은 전라남도 장흥입니다. 1970년대 후반이니까 여전히 서울에서 장흥까지 오고 가는 데 꽤 시간이 소요되던 시절입니다. 서울에서 밤기차를 타면 다음 날 새벽에나 광주에 도착하고 그리고 다시 시외버스를 타고 서너 시간 달려야 도착을 했으니 꼬박 하루가 걸리는 긴 길입니다. 오가는 데만 이틀이 걸린다는 '나'의 말은 그러니까 과장이 아닌 셈이죠. 그런데, 어제 오후에나 도착해서 하루 밤 자고 다음 날 점심을 먹으면서 바로 내일 아침 또 긴 길을 가겠다는 것입니다. 원래 '나'는 이번 시골행을 위해 미리 급한 일은 다 처리했고, 며칠 여유있게 머물 생각이었습니다. 하지만 돌연 마음을 바꾼 것이죠.

'나'가 얼른 고향을 떠나려는 것은 노모가 살고 있는 집과 관계가 있습니다. '나'는 노모의 집을 '오두막'이라고 부르는데요. 바로 이 집이 나에게 불편함을 불러일으키고 있습니다. 노모의 집은 초가지붕을 인 '단칸 오두막'입니다. 때문에 간밤에는 노모와 '나' 부부가 한 방에서 자고, 원래 노모와 함께 살고 있는 형수와 조카들은 이웃집으로 잠자리를 얻어 나가야만 했습니다. 노모가 단칸방에 살게 된 데에는 사연이 있습니다. '나'의 회상에 따르면 주벽이 있던 형이 아버지대부터 살던 집을 날려먹고 세상을 떠났습니다. 그래서 남은 식구들이 여기 저기 떠돌다가 '오두막'을 방불케하는 작은 집에 살고 있는 것입니다. '나'는 애써 "내게 빚은 없었다"^{이청준, 「눈길」, 138쪽}라고 되뇌이면서 이 집이 불러일으키는 불편한 감정을 부정하려고 합니다. 이야기에서는 끝까지 어머니를 '노인'이라고 하대하여 부르는데, 이는 "빚이 없다"라는 말을 반복하는 것과도 같은 맥락에 있습니다. '나'는 이제까지 자식 노릇을 제대로 하지 못했지만, 어머니 역시 그러지 못했으니 피차일반이라는 게 나의 합리화입니다. 하지만 이 말은 오히려 그 부채의식을 강조하는 격이 되고 있습니다.

한편 노모 역시 애초에 아들에게 뭔가 요구할 생각도 없는 사람입니다. 그녀는 가산을 탕진한 큰아들 때문에 여기저기 떠돌이 생활을 하고, 여든이 다 되어서까지 '오두막 살이'를 면치는 못했지만, 자식에게 아쉬운 부탁을 하는 사람이 아닙니다. 아들인 '나'가 성치 않은 노모의 치아를 걱정해 틀니를 하자고 해도 마다했습니다. 모처럼 온 아들이 일찍 떠난다는 말에 서운하지만, 그렇다고 더 붙잡지 않고 단념이 빠른 것도 이런 성품과 관계가 있죠.

그런데, 노모는 아들에게 이번만은 전에 하지 않는 소원을 내비칩니다. 지금 노모가 살고 있는 집에 관한 것으로, 동네에서 지붕개량 사업을 추진하는 김에 지금의 오두막집을 부수고 새로 방을 몇 칸 넓혀 증축하고 싶다는 것입니다. 이 이야기의 배경인 1970년대 후반은 새마을운동의 일환으로 농촌 지붕개량 사업이 한창 추진되던 때입니다. 이는 식량증산 운동의 일환으로 보급된 통일벼의 짚이 짧고 억새서 초가지붕에 적당하지 못한 것과도 맞물려 있습니다. 이러한 사정으로 정부에서는 기와, 슬레이트 지붕으로 초가지붕을 개량하도록 보조금까지 주면서 권장을 하였고, 기와지붕을 지탱하지 못할 만큼 낡은 집들은 기둥을 갈거나, 아예 허물어서 증축을 하는 것도 일반적이었습니다. '나'의 고향도 사정은 마찬가지였습니다. 노모의 말에 따르면, 이웃집들은 나라에서 나오는 지원금을 받아 '지붕개량 사업을 한다', '아예 낡은 초가집을 허물고 새로 증축을 한다' 하면서 여기저기서 공사를 하고 있다는 겁니다. 그래서 이제 초가지붕은 노모의 집만 남았다는 거죠.

아들은 노모가 집을 고치겠다는 소원을 내비치자 바로 불편해합니다. 본인이 지붕개량에 필요한 돈을 대겠다고 말하거나, 혹은 형편이 안 되어 어쩔 수 없다는 변명 같은 것을 하는 것이 아니라, 그저 "빚이 없다"라는 말을 속으로 되뇌일 뿐입니다. 반면 웬일인지 이제껏 아들이 뭘 해준다고 할 때마다 늘 괜찮다는 말을 했던 노모는 지붕개량 사업만은 포기를 못하는 눈치입니다. 돈을 달라거나 일손을 구해 달라는 구체적인 부탁을 하는 것이 아니라, 다른 사람들은 어떻게 일손을 마련하고, 나라에서는 얼마를 주고…. 이런저런 이야기들을 '하더라…'라는 식으로 전달하고 있습니다.

아들은 노모의 집 증축에 대한 소망을 갑작스러운 '노인네의 욕심' 쯤으로 치부해 버리고 싶어합니다. 그리고 어째서 갑자기 지붕개량에 욕심을 내는지 더 들어 보려고 하지도 않고 어서 빨리 아침이 밝아 노모의 소망으로부터 벗어날 수 있기만을 기다립니다. 노모와 아들 사이에는 뭔가 묵은 감정이 있는 것 같지만, 좀처럼 서로에게 속내를 말하지 않습니다. 아들도 노모에게 직접적으로 "나는 이 집에 빚이 없다"는 소리를 하는 게 아닙니다. 노모 역시 어째서 이제껏 아무말 안 하고 살다가 여든이 다 된 나이에 "집 증축"이라는 소원을 갖게 되었는지를 말하지 않고요. 남의 이야기하듯이 애둘러 속내를 말하는 노모, 그리고 속내를 더 알려고 하지 않고, 자꾸만 "빚이 없다"는 혼잣말만 속으로 되새기는 아들. 이 두 사람의 대화는 평행선만 달립니다.

하지만 이 이야기는 아들이 데리고 온 여자, 그러니까 노모의 며느리를 통해 진전이 됩니다. 그러니까 두 모자 사이에 엉킨 응어리가 풀리게 되는 계기가 마련되는 것입니다. 아들이 직접 물어서 어머니가 술술 이야기를 털어 놓는다는 것은 두 사람의 성격에도 어울리지 않고 재미가 없죠. 그래서 두 고부가 나누는 대화를 아들이 엿듣게 하는 형식이 등장합니다.

알고 보니 노모는 "뒷일" 그러니까, 자신이 죽은 후의 일을 걱정하고 있습니다. 이제껏 어렵게 살았으나 '누구에게 못할 짓 하지는 않았다'는 게 노모의 마지막 남은 자부심입니다. 그리하여 나 죽은 후 찾아 온 사람들에게 "소주 한 잔 대접"하는 게 도리라고 생각하는데, 그때까지 이 오두막을 면치 못한다면, 이 비좁은 방에 관을 놓고 나면 "어디에서 문상객을 받겠느냐", "상 치르러 온 자식들은 또 어디 앉아 있겠냐"는 게 그녀의 걱정이었습니다. 여름이라면 그래도 밖에 차양이라도 치고 손님을 맞겠지만, 겨울이라면 관이랑 손님들이랑 한 방에 있게 생겼으니 걱정이 된다는 것이지요.

그녀의 걱정은 인간다움이라는 존엄의 문제였던 것입니다. 그런데 아들은 이런 어머니의 속내를 애써 외면하고 집에 대한 어머니의 소망을 '집 욕심' 쯤으로 치부하고 무시하려고 했던 것입니다. 그런데 '나'의 아내는 여기서 멈추지 않습니다. 처음에는 무뚝뚝한 남편과 시어머니를 중재하는 역할인가 보다 했는데, 보다 적극적입니다. 시어머니에게 원래의 집은 어땠는지를 묻고, 단칸방에 놓인 유일한 가구인 옷궤에 대한 사연을 묻는가 하면, 남편에게 이미 들어서 알고 있는 과거의 일을 시어머니에게 재차 확인하기까지 합니다. 넓은 집을 잃고 여기저기 떠돌다가 "오두막" 집 신세인 시어머니의 아픈 사정을 듣고 위로하기 위한 물음인 것 같기도 하고, 듣기에 따라서는 괜히 상처를 후비는 질문 같기도 합니다.

끝내 며느리의 질문은 아들인 '나'가 애써 외면하고 싶은 과거의 이야기를 들추어 냅니다. 며느리는 오래 전 노모가 눈길을 걸어 아들을 배웅했던 날에 대해 이야기 해달라고 시어머니를 조릅니다. 며느리가 꺼낸 '눈길 이야기'는 벌써 십 년도 더 된 일입니다. 광주에서 고등학교를 다니는 아들은 시골집이 팔렸다는 이야기를 듣고 홀어머니가 걱정이되어 고향에 다니러 왔습니다. 그런데 어머니는 별 설명도 없이 팔렸다고 소문이 난 옛집에서 밥을 해 아들을 먹였습니다. 그리고 다음 날 동도 트기 전에 눈이 소복이 쌓인 길을 걸어 어머니는 아들을 배웅했습니다.

아들인 '나'는 나중에 간접적으로나마 그간의 사정을 들었습니다. 형의 주벽(酒癖)으로 작은 시골집마저 이웃에게 팔려나갔고, 이제 식구들은 뿔뿔이 흩어져서 친척 집에 의탁하지 않으면 안 되는 상황이 되었습니다. 하지만 어머니는 아들이 고향에 온다는 말에, 이미 집을 산 주인에게 허락을 구해 아들을 옛집에서 맞을 준비를 했다는 겁니다. 이미 이사를 다 나가 사람 사는 집 같지 않은 방에 원래 쓰던 옷궤까지 놔두고요. 하지만, 이후 모자는 그 날의 일에 대해 다시 언급하지 않았습니다. 그때 어머니가 아들을 배웅하고 어떻게 혼자 다시 눈길을 걸어 마을로 갔는지에 대해서 더 묻지 않았던 것은 물론이고요.

이런 상황인데 며느리가 나선 것입니다. 모자 사이에 쌓인 감정의 응어리나 가난했던 시절의 사정 따위에 대해 잘 모르는 처지이니 눈치 안 보고 물어볼 수 있는 것이겠죠. 이렇게 당사자가 아닌 외부의 관찰자로 하여금 실마리를 풀도록 하는 것이 이청준 소설의 특징이기도 합니다. 앞으로 다룰 「줄광대」나 「매잡이」 같은 작품에서도 이런 관찰자들이 등장하지요. 어쨌든, 이렇게 며느리의 개입을 통해 오랫동안 감춰져 있던 이야기의 내막이 열립니다. 며느리와 시어머니 사이의 대화이지만, 세 사람이 한 방에 잠자리를 폈기 때문에, 잠자리에서 나누는 대화는 사실 두 사람만의 것이 아닙니다. 자연히 한 방에 누워 있는 아들에게도 들릴 수밖에 없죠. 그러니까 사실 두 사람의 대화는 세 사람의 대화이기도 하죠. 다만, 남자는 아내와 어머니 사이의 대화를 들으면서도 마치 그 자리에 없는 듯 모르는 척하고 있습니다.

남자가 두 사람의 대화를 통해 알게 된 사실은 이렇습니다. 옛집에서 밥을 해먹이고 다음 날 두 모자는 15리나 되는 눈길을 걸어 장터 차부에 도착합니다. 아들이 차를 타고 떠나고도 여전히 겨울 해는 뜨기 전이고 그녀는 다시 혼자 어두운 밤길을 갈 일이 막막했고, 해뜨기까지 한 식경(약 30분) 정도를 차부에서 기다렸다 길을 나섰습니다. 그리고 두 모자가 만든 발자국이 눈길에 남아 있는 것을 보면서 다시 마을에 돌아가는데 그렇게 눈물이 났다고 하죠. 그렇게 눈물 바람을 하면서 걷다 마을이 보이는데, 그냥 마을로 들어갈 수는 없었다고 합니다. 그래서 눈물이 마를 때까지 한참 기다렸다가 집으로 돌아왔다는 이야기입니다. 비록 가세가 기울었을망정 흉하게 눈물 바람 한 꼴은 보이기 싫다는 게 그녀의 마음이었을 것입니다. 궂은 옷, 궂은 밥, 궂은 잠자리로 살망정 마지막 가는 길만은 인간답게 도리를 다하며 가고 싶다는 소원을 가진 사람다운 행동입니다. 하지만 아들은 그날 어머니가 얼마나 아팠을지에 대해서는 듣고 싶지 않았고, 그래서 애써 피해 왔던 거였죠.

고향, 증상의 시작 : 「귀향연습」

「귀향연습」의 지섭은 고향 친구 기태가 하는 과수원 마을에 도착합니다. 서울 생활을 하면서 여기저기 아픈데가 많아 요양을 할 겸해서 찾아왔습니다. 그는 이제껏 "~염"으로 끝나는 온갖 질병을 다 앓아 왔고, 한눈에 봐도 병색이 완연한 상태입니다. 군대를 제대했다는 이야기로 미루어 짐작해 보건대, 이십대 후반일 거라 짐작이 되는데요. 하지만 그의 외모는 나이를 무색하게 하는 상태로, "누렇게 뜬 안색"에 "파리똥을 갈겨 놓은 것처럼" 주근깨가 널려 있고, 두피는 진작부터 시작된 탈모로 벗겨지고 있고, 안구는 늘 "핏발이 돋아 있"이청준, 「귀향연습」, 79쪽습니다.

그의 고질병 중 하나는 배앓이로 시골 버스에서 내리자마자 심상치 않은 복부 통증을 느낍니다. 밭에 들어가 바지를 내리고 자리를 잡고 한참을 앉아 있는 폼이 한두 번 경험한 통증이 아닙니다. 별다른 약이 필요한 것은 아니고, 신기하게도 매번 이렇게 앉아 있으면 통증이 잠잠해지는데, 문제는 조금만 긴장을 해도 이런 증상이 나오는, 완치가 불가능한 고질병입니다. 그의 배앓이는 사실 처음에는 꾀병으로 시작되었습니다. 그의 담임 선생님은 잡부금을 안 가져오는 아이들에게 창피를 주고 다시 가져오라고 집에 보내기까지

했습니다. 늘 가난했던 가정형편 때문에 잡부금을 가져가지 못한 지섭은 번번이 망신을 당하는 쪽이었습니다. 그래서 어린 지섭은 잡부금을 걷는 날이면 차라리 배가 아프다고 꾀병을 부리기를 택했습니다. 창피를 안 당하려면 아예 학교를 안 가는 수밖에 없었던 것입니다.

이렇게 꾀병을 부려서 위기를 모면하기는 했는데, 문제는 이게 어느덧 진짜 배앓이가 된 것입니다. 배앓이는 객지 생활을 하면서 "기분 나쁘고 민망스럽고 난감하고 불안스럽고 힘겹고 절망"이청준, 「귀향연습」, 27~28쪽스런 일을 만날 때마다 반복되었습니다. 그리고 이 배앓이 증상이 고향 근처에 오자마자 다시 시작되고 있습니다. 이걸 보면 이 배앓이의 원인이 객지 생활 때문이라는 지섭의 생각이 맞나, 하는 의문도 듭니다. 객지 생활 때문에 배앓이가 시작되었다면, 고향 친구를 만나러 왔으니 완화되어야 하는 거겠죠. 하지만 그렇지 않습니다. 고향에 가까워지자 배앓이가 다시 시작되는 걸 보면, 배앓이는 고향에 머무르는 걸로도 해결이 안 되는 증상인 겁니다.

실향병의 여러 형태

이렇게 지섭이 앓고 있는 병은 고향과 깊은 관계가 있지만,

그는 그가 겪고 있는 많은 증상들이 고향을 떠나 도시에서 생활하는 데에서 생겨난다고 생각하고 있습니다. 고향 상실과 관계가 있다는 점에서 '실향병'이라고 규정을 하고 있는 것이죠. 그런데 지섭이 머물고 있는 친구 기태네 과수원에는 지섭 외에도 실향병을 앓는 환자들이 더 있습니다. 한 명은 훈이라는 초등학생 남자아이, 다른 한 명은 정 선생이라는 여성입니다. 훈이의 경우 별다른 이유 없이 뼈가 잘 부러지고 낙상 사고가 많아 도시에서 시골로 요양차 내려온 소년입니다. 그리고 정 선생이라는 여성은 훈이를 돌봐주고 있는 교사인데, 그녀는 도시 출신이지만, 어떤 이유에서인지, 바닷가 마을에 대한 동경을 가지고 있습니다. 정 선생의 증상은 일종의 실향병인데요. 이 경우 지섭과는 차이가 있습니다. 지섭은 고향과 관련된 실향병이라면, 정 선생은 애초에 도시에서 태어나 고향다운 고향이 없기 때문에 생긴 병이죠.

그리고 마지막으로 이들이 머물고 있는 장소를 제공하고 있는 기태 역시 실향병입니다. 이 경우는 고향을 떠나지 않았기 때문에 생긴 고향 상실의 병입니다. 나고 자랐지만, 그 장소를 등지고 떠나서 다른 장소에 정착해야만 과거의 장소를 그리워하고, 그 장소가 비로소 고향이 되는 것인데,

떠난 적이 없으니 고향도 없는 것이죠. 기태라는 인물은 그런 의미에서 역시 실향병을 앓고 있습니다. 그는 고향과 거리를 가질 수 없어서 고향과 멀어진 역설적인 경우라 할 수 있죠. 하지만 그는 다른 실향병 환자와 달리 가시적인 증상(배앓이나 골절과 같은)이 없고, 스스로도 실향병 환자라는 것을 인지하지 못한다는 점에서 더욱 문제적이라 할 수 있습니다.

특히나 기태가 문제적인 것은 다른 실향병 환자들을 집에 모아 놓고 우월감을 느끼려 한다는 것이죠. 그는 이청준 소설에 자주 등장하는 '진술을 강요하는 유형'에 속합니다. 이청준 소설에는 특정 유형의 인물이 여러 작품에서 등장하면서 점차 성격이 분명해지고 발전해 가는 경우가 자주 나타납니다. '진술을 강요하는 유형'이라는 인물형도 그렇습니다. 이런 인물은 인간의 자유를 구속한다는 점에서 이청준 소설을 이해하는 데 있어 매우 중요한 인물인데요. 「귀향연습」의 기태 역시 이 인물유형에 속합니다. 그는 정 선생을 강간하고, 결국 정 선생이 과수원을 떠나도록 만들기도 하고요. 이런 유형은 단편 「소문의 벽」에도 등장합니다. 이 작품의 의사 역시 진술 공포를 느끼는 작가에게 진술을 강요하고 끝내 궁지로 몰아서 그 존재를 파괴하는 식으로 폭력성을 드러냅니다.

고향에 대해 이야기하기

지섭의 실향병은 고향을 찾는 것으로 해결이 되지 않습니다. 고향과 관련해서 생긴 병이기에 고향에 가서는 고칠 수 없는 것이죠. 하지만 그는 고향에 대해 반복해서 이야기하기를 통해 차츰 증상이 호전되는 것을 느낍니다. 그는 도시에서 태어나 그럴듯한 고향이 없는 훈이에게 고향에 대해 떠들기 시작합니다. 이때 그가 하는 이야기는 실제의 고통스러운 기억이 아니라, 대체로 '행복한 기억'에 속하는 것입니다. 여기서 이 이야기하기는 일종의 '귀향연습'입니다. 바로 변변치 않은 고향, 객지생활에 피폐해진 자신의 모습 때문에 '상실된' 고향을 이야기하기를 반복하면서 극복하는 것이죠. 상기하고, 다른 모습으로 기억하고, 이야기하는 이런 과정을 통해서 고향과의 대면에 면역력을 키우고 있다고 할 수 있습니다.

　　하지만 지섭이 하는 것은 어디까지나 '귀향연습'일 뿐, 직접 고향에 가는 것은 아니고 그래서는 안 됩니다. 그렇게 되면 고향에서 겪은 구체적인 트라우마가 엄습할지도 모르니까요. 가난이 주는 수치심 같은 것을 그런 식으로 다시 마주할 수는 없습니다. 애써 이야기할 수 있게 된 고향이 당장 지옥이 되어 버릴 수도 있습니다. 지섭은 이렇게 거리를 둠으로써, 즉 고향을 잃음으로써 고향을 계속 가질 수 있는 것입니다. 고향에 대한 향수를 유지하는 것을 통해서만 가능한 고향이라고 할 수 있겠죠. 다시 말해 고향은 상실로서만 가능한 것인지도 모르겠습니다. 기태가 이를 잘 보여 주죠. 태어난 고장을 떠나지 않으면 고향을 얻을 수 없습니다. 그의 실향증은 상실하지 않았기 때문에 생긴 실향인 것이죠. 마지막에 지섭이 끝내 고향 마을까지는 가지 않고, 고향 근처에 있는 기태의 과수원에서 다시 도시로 떠나는 것 역시이 때문입니다. 이렇게 해서 고향을 유지하는 것이죠. 고향 안으로 들어가는 순간 트라우마를 마주할 수 있고, 혹은 기태처럼 그 안에서 안주하는 순간 지긋지긋한 일상 속에서 고향을 완전히 상실하게 될 것입니다.

이렇게 이청준의 인물은 도시 생활에 어려움을 겪지만, 그렇다고 절대 고향으로 도망가지 않습니다. 그들은 도시에서 얻은 자신의 증상을 회피하지 않고 맞서는 태도를 보여줍니다. 「귀향연습」의 마지막도 그렇습니다. 기태가 도시로 떠나는 지섭을 붙잡자, 지섭은 말합니다. 아예 병을 고치기를 단념했다는 것입니다. 이제 지섭은 실향병이 부정하거나 떨쳐 낼 수 있는 것이 아님을, 그것들이 그를 구성하는 일부임을 인정하게 된 것이라 할 수 있습니다.

지섭에게 있어 수많은 질병들은 그의 건강을 위협하고 일상을 어지럽히는 원인입니다. 하지만 이 질병이 사라진다면 그는 더 이상 남도의 끝자락에 고향을 둔 지섭이라고 하기 어렵겠죠. 지섭에게 질병은 고향 상실을 거듭 상기시키는 것으로 그를 그 자신으로 만들어 주는 일관성의 표시라고 할 수 있습니다. 이는 정신분석의 용어로 말하자면 일종의 '증상'입니다. 증상은 하나의 일관된 주체 혹은 사회를 가능하게 하는 모순으로 이 모순으로서의 증상이 없는 전체란 존재할 수 없다고 할 수 있지요.

2. 자아 망실과 이야기할 수 없음

자아 망실의 병

이청준의 데뷔작 「퇴원」(1965)의 '나'는 병원 침대에 누워 창밖을 구경하는 것이 유일한 소일거리입니다. 표면적으로 그가 병원에 입원한 이유는 위궤양 때문이라고 하지만, 위궤양 환자가 받는 시술이라기에는 이상한 부분이 좀 많습니다. '나'와 친구 사이인 의사는 환자를 불러내어 양주 한 모금을 선사하는가 하면, 간호원이 하는 처치도 이상해서 위궤양 치료와는 거리가 멀어 보이는 혈압 측정, 소변 받기 같은 처치를 반복하고 있습니다.

소설의 말미에 이르러 '나'의 병명이 위궤양이 아니라는 것이 밝혀집니다. 굳이 병명을 대자면, '나'의 병은 '자아 망실'입니다. '나'는 스스로가 누구인지, 어떤 존재인지 자기 진술이 불가능한 상황에 있습니다. 물론, 어째서 이런 증상을 얻었는지는 분명하지 않습니다. 한참 후에야 '나'는 자신이 위궤양 환자도 아니고, 병이 있다면, 욕구가 없는 것, 욕구를 주장할 만한 '자아'가 없는 것임을 깨닫습니다. 내과 병원 입장에서 보면 절대 환자라고 할 수 없는 환자가 병원에 입원해 있는 것이죠. 다른 환자들은 음식을 먹고 소화시키고, 건강해지고 싶다는 욕구가 있지만, 제 몸이 따라주지 않아서 그렇게 못하는 상황입니다. 이 경우에는 신체의 질병을 고치면 되겠죠. 증상이 분명하고, 치료법도 분명하니까요. 그러나, '나'의 경우엔, 그런 욕구라고 할 만한 게 없습니다. 기억을 잃은 환자처럼 그냥 침대에 누워서 세월을 흘려보내고 있는 것이죠.

흥미로운 것은 '나'가 자신이 '자아 망실'의 상태에 있다는 것을 깨닫는 순간, 병원 창 밖에서 '월남 파병 장병 환송회'가 열리고 있는 것입니다. 이는 1965년 10월 12일 여의도에서 열린 30만 군중 환송 대회를 연상하게 합니다. 맹호부대의 환송식이 열리던 날 여의도에는 장병 환송을 위해 모인 가족들을 비롯하여, 육사 생도들, 당대 유명 영화 배우였던 최은희, 이화여고 합창단 등이 동원되었습니다. 이때만 해도 마포대교(여의도와 마포를 잇는)가 부설되기 전이었기 때문에 "이날을 위해 마포종점에서부터 여의도 공항까지 가교가 가설됐고, 수많은 임시 운행 버스가 환송객을" 날랐다고 합니다. 파병 장병을 환송하는 행렬은 적어도 무언가에 열심입니다. 어떤 욕구도 없이 누워 있는 '나'의 경우는 이러한 행렬과 대조적입니다. 하필 그가 누워 있는 창밖으로 '월남 파병 장병 환송회'가 열리는 것은 이러한 당대의 세태와 거리 두기를 하고 있다는 것을 보여 줍니다.

서사화된 자기 진술의 필요성: 액자 구조

「퇴원」의 '나'처럼 '자아 망실'을 겪는 환자에게는 '이야기하기', 다시 말해 '자기 진술'의 어려움이라는 특징이 있습니다. 이 경우 '나'는 나의 고통이 무엇인지 서사화할 수가 없는 것이죠. '나'가 겪는 증상이 무엇 때문인지, 또한 스스로가 누구인지도 설명이 되지 않습니다. 「퇴원」의 '나'에게는 계속해서 이야기를 들려달라고 졸라대는 여자가 한 명 등장하는데요. 자아 망실을 겪고 있는 '나'는 좀처럼 말을 꺼내질 못합니다. 군대까지 다녀온 남자에게 재미있는 이야깃거리 하나 없냐고 여자는 계속 부추기죠. 사실 '나'에게 이야깃거리가 아주 없는 것은 아닙니다. 어릴 적 폭력적인 아버지로부터 얻은 트라우마도 있고, 군대에서 뱀을 잡아 상관에게 뇌물로 바친 경험도 있다고 혼자서 생각을 합니다. 하지만 그는 자신의 과거를 적당한 순서로 엮어서 서사화할 수가 없습니다. 이런 증상은 매우 상징적입니다. 이청준의 소설에 등장하는 환자들이 이렇게 '자기 진술'을 거부하는 것은 폭력적 세계에 대한 일종의 저항으로도 읽을 수 있기 때문입니다.

하지만 입을 닫고 영원히 침묵 속에 있을 수는 없습니다. 이청준 작품 속 인물들은 어떤 식으로든 자기 진술을 행해야 합니다. 그러한 진술은 어떤 강요 때문이 아니라 스스로 내켜서 해내는 것이 되어야겠지요. 자아 망실, 즉 자기 진술의 어려움이라는 증상을 자기 진술로 극복해야 하는 것입니다. 이는 동어반복이기도 합니다. 자기 진술이 안 되어서 생긴 고통을, 역시 일정한 서사화를 거친 자기 진술로밖에 극복할 수 없다는 말이기 때문입니다.

이청준의 소설에서 액자 형식이 자주 등장하는 것도 이런 딜레마와 관련이 있어 보입니다. 자기 진술을 강요하는 폭력과 이로부터 도피하는 자아 망실 환자라는 상황이 이 액자 형식 속에서 융합될 수 있기 때문입니다. 소설 속에서 자아 망실을 겪는 인물은 이야기의 형식으로 자기 진술을 하고, 이렇게 탄생한 소설 혹은 이야기를 관찰자가 읽는 형식을 거치는 것입니다. 자기 진술은 이렇게 복잡한 두 겹의 과정을 거쳐야 합니다. 강요에 의해 진술을 하는 것만으로는 자아 망실이라는 증상이 회복되지 않습니다. 오히려 진술의 강요는 환자를 도망가게 하는 것이죠.

이것은 작가와 사회의 관계로도 바꾸어 해석할 수 있습니다. 작가는 소설을 통해 자기 진술을 하는 것이죠. 그리고 사회는 이 작가의 자기 진술의 자유를 보장해야 하고, 그 진술의 내용에 따라 복수를 하거나 단죄해서는 안 됩니다. 하지만 이청준이 작품 활동을 활발하게 했던 1960~70년대의 한국사회는 그렇지가 못했죠. 그가 자아 망실, 자기 진술의 어려움에 대해 거듭 쓸 수밖에 없었던 데에는 이런 시대적 맥락이 있습니다.

앞서 말한 대로 이러한 배경에서 이청준은 액자구조로 소설을 써 나가는데요. 대표적인 작품으로는 「소문의 벽」

(1971)이라는 단편이 있습니다. 이 작품에서도 역시 진술을 강요하는 폭력적 사회 현실, 그리고 이러한 현실에서 자기 진술의 어려움을 겪고 있는 인물이 등장하는데요. 이 인물은 자신이 미쳤다고 주장합니다. 이야기의 내용은 이렇습니다. 어느 날 잡지사에 다니는 '나'의 집에 처음 보는 남자가 찾아와서는 자기를 머물게 해달라고 부탁을 합니다. 알고 보니 이 행색이 수상한 남자는 소설가 박준이라는 인물이었죠. 박준은 주목받던 작가였는데 어느 순간부터 소설 발표가 뜸했죠. 그런데, 그런 그가 난데없이 자기가 미쳤다면서 정신병원에 제발로 들어갔다가 다시 나와서는 '나'의 집에 찾아와서 머물게 해달라고 하는 겁니다.

박준에게는 기벽이 하나 있었는데요. 밤에 잘 때 꼭 전등을 켜고 자는 것이었습니다. 불은 꼭 켜 두어야만 했고, 행여 불이 꺼진 상태에서 누군가가 작은 불빛이라도 들고 나타나면 갑자기 난동을 부립니다. 작품의 화자인 '나'는 박준이 어째서 미치광이 행세를 하면서 남의 집에 찾아왔는지, 그 내력에 관심을 갖게 됩니다. 그리고 이것이 소설 속 '나'가 풀어야 할 문제입니다.

이런 이야기가 액자 구조로 펼쳐지는데요. 잡지사에 다니는 '나'가 박준이라는 소설가를 만나는 이야기가 바깥의 이야기이고, '나'가 읽고 있는 박준의 소설이 이 소설 속 이야기로 배치되어 있습니다. 그리고 '바깥의 이야기'에서는 '나'뿐만 아니라, '안'이라고 하는 문학담당 기자 또한 박준의 소설을 읽습니다. '안'은 박준의 소설이 시대와 유리되어 있다고 평가하면서 회의적으로 바라보지만, '나'는 박준이라는 작가의 기벽을 이해할 수 있다는 점에서 소설을 긍정적으로 평가합니다. 독자들은 안쪽 이야기의 미친 사람이 하는 소리를 직접 접하는 것이 아니라, 액자라는 틀을 통해 바라봄으로써, 그 진술을 서사화된 상태로 받아들이게 됩니다. 그럼으로써 이야기를 더욱 입체적이고도 비판적으로 바라볼 수 있게 되는 것이죠.

'전짓불'에 대한 공포

액자 속 박준의 소설에서 특징적인 것이 '전짓불'에 대한 공포입니다. 이 공포는 한국전쟁과 관련이 있는데요. 박준이 살던 시골 마을에서는 인민군과 국군이 여전히 대치중이었습니다. 이미 인천상륙작전으로 인민군은 후퇴를 했지만, 남쪽의 시골에서는 여전히 국군과 인민군이 번갈아가며 마을로 들어오고 있었던 거죠. 시골의 주민들에게 이런 상황은 극도로 공포스러운 것이었습니다. 그러던 어느 늦은 밤,

어린 박준과 어머니 앞에 한 남자가 환한 전깃불을 들고 와서는 '어느 쪽'인지 당장 말하라고 협박을 합니다. 전깃불에 가려져 상대의 얼굴은 보이지 않습니다. 대답을 잘못했다가는 바로 죽을 수도 있는 것이죠. 이런 일을 겪으면서 박준에게 '전깃불에 대한 공포'가 생겨난 것입니다. 그가 겪고 있는 것은 「퇴원」의 인물이 겪고 있는 것과 같은 '자기 진술'의 어려움입니다.

이렇게 박준의 자기 진술은 '나'의 읽는 행위를 통해 이루어집니다. 이렇게 누군가의 자기 진술을 분석하고, 근본적인 경험으로 분석해 들어가 병의 원인을 찾아 해소하는 것은 정신분석 이론이 말하는 증상 분석의 원리와도 통합니다. 서사화되지 않는 파편적이고 사소해 보이는 환자의 진술들 속에서 증상의 원인을 찾는 것이죠. 그런데 박준이 입원한 병원의 의사는 이런 서사화의 방식을 쓰지 않습니다. 의사는 박준에게서 직접 '자기 진술'을 듣겠다고 고집을 피웁니다. 끝내는 전깃불을 들이대기에 이릅니다. 박준이 두려워하는 것을 들이대는 충격요법을 통해 진술을 강요하는 것이죠. 하지만, 이 불빛은 보복하겠다는 위협으로 다가오고, 결국 박준은 발작을 하게 됩니다. 이후 병원을 떠나는 것으로 끝나게 되고요.

참고로 버지니아 울프(Virginia Woolf)의 소설 『댈러웨이 부인』(1925)에서도 이런 장면을 목격할 수 있습니다. 전쟁에 나갔다가 살아 돌아왔지만, 전쟁터에서 동료의 죽음을 목격하고 우울증에 시달리는 인물이 나오죠. 의사는 이 사람을 요양원에 보내 강압적인 치료를 하려고 하는데요. 결국 환자는 자살을 하고 맙니다. 병의 원인을 진술하도록 하고 그것을 서사화하는 방식이 유효할 수 있으며, 증상을 억지로 도려내려는 방법은 실패할 수밖에 없다는 것을 버지니아 울프의 작품 또한 잘 보여 주고 있습니다.

3. 자본주의의 발달과 장인의 운명

장인을 찾아서

이청준 소설에는 예술가 혹은 장인 유형의 인물들이 꽤 등장을 합니다. 이런 소설들을 '예술가 소설'이라고 부를 수 있을 텐데요. 이청준은 이런 작품들을 구성하면서 주로 잡지사 기자나 소설가인 화자가 자본주의가 본격화되기 이전에 존재했던 장인 유형의 인물들을 찾아가는 형식으로 구성합니다. 이렇게 찾아간 줄광대, 매잡이, 소리꾼 같은 인물들은 삶과 예술에 대해 진지한 고민거리를 던지고 있고요.

이런 예술가 소설의 대표적인 작품으로 「줄광대」(1966)가 있습니다. 이 소설의 '나'는 문화부 기자입니다. 그는 부장으로부터 '하늘로 승천했다는 줄광대'에 대한 이야기를 취재하여 기사로 꾸며 보라는 주문을 받고 C읍에 내려갑니다. 사실 부장이 그에게 이 일을 맡긴 것은 그가 C읍 출신이기 때문이었습니다. 하지만 그는 서울에 올라온 이래 고향을 멀리하고 살았고, 이번 취재 여행은 이십여 년 만에 고향을 방문하는 것이었습니다. C읍은 광주에 도착해서 다시 버스를 타고 들어가야 하는 외진 곳으로 총 열네 시간이 걸려서 고향에 도착합니다.

그는 줄광대와 같은 서커스단 출신이었던 트럼펫 사내라는 사람을 만나 줄광대에 대한 이야기를 듣습니다. '승천한 줄광대'라고 소문이 난 이는 아버지에 이어 줄을 타던 인물로, 줄을 타다가 떨어져서 세상을 떠났는데, 사람들 사이에서 하늘로 승천했다는 소문이 났다는 이야기였습니다. 이렇게 줄광대의 죽음을 이야기하고 있지만, 사실 이 죽음은 한 개인의 죽음이 아니기도 합니다. 과거 영화나 텔레비전 같은 매체가 발달하지 않은 시절에는 서커스가 중요한 오락거리였죠. 하지만, 서커스는 1960년대에 이르러 차차 사양길에 접어들게 됩니다. 줄광대가 결국 죽게 되는 이야기는 서커스를 둘러싼 시대적 맥락을 비유적으로 표현한 것이기도 합니다.

줄광대에 대한 사연을 찾으러 간 '나'가 결국 줄광대에 대한 기사를 썼는지 쓰지 않았는지 분명하게 드러나지 않습니다. 보통의 액자식 구성이라면 이야기를 듣고 소설로 쓰거나, 혹은 완성된 작품을 다른 관찰자가 읽는 형식을 취하지만, 이 소설은 그렇게 전개되지 않습니다. 완결된 서사의 형식을 갖추지 않은 채로 남아 있는데요. 이는 역시 이청준 작품에서 드러나는 자기 자신에 대한 회의 때문입니다. 앞서 살펴본 「퇴원」이나 「소문의 벽」과 같은 작품에서처럼 글쓰기 자체를 할 수 없는 상태, 작가가 글을 쓰지 못해 고통을 겪고 있는 상태가 계속되고 있는 것입니다. "나는 적합하지가 않다. 좀더 확실한 목소리로 말할 수 있는 사람이 여길 왔어야 했다"(이청준, 「줄광대」, 96~97쪽)라는 화자의 말은 작가의 이런 고통을 드러내고 있습니다.

달라진 농촌경제, 매잡이의 곤란

「매잡이」(1968) 역시 장인이 등장하는 소설로 앞서 살펴본 줄광대와 함께 '예술가 소설'로 분류됩니다. 이 작품에도 역시 글을 쓸 수 없는 소설가(민태준)가 등장하죠. 하지만, 이 경우는 어찌어찌해서 소설을 완성하게 되고, 이 소설을 완성한 민태준은 세상을 떠납니다. 앞서의 「줄광대」에 비해 액자구조가 훨씬 명확하죠. 이 말은 곧 소설가가 소설 쓰기의 어려움, 자기 진술의 어려움을 극복하고 글을 완성했다는 이야기이기도 합니다. 이청준 소설의 특징이랄 수 있는 액자구조는 자기 진술을 불가능하게 하는 시대적 제약을 극복한 소설 형식이라고도 할 수 있습니다.

이 소설의 화자 '나'는 민태준이라는 인물로부터, 전라북도의 산골 마을에 좋은 소설거리가 있으니, 한 번 가보라는 제안을 받습니다. 민태준은 늘 뭔가를 구상하는 것 같은데 한 번도 제대로 된 소설을 발표하지는 않는 사람입니다. '나'는 마침 글감이 떨어져서 고생하던 차라 민태준의 제안대로 매잡이를 찾아 여행을 떠납니다. 이렇게 이 소설 역시, 이청준의 많은 소설이 그렇듯이, 여로형 구조를 취하고 있습니다. 다시 말해 여행길을 따라 사건이 발생하고 해소되고 있죠. 특히 이청준의 작품 속에는 도시의 '나'가 시골로 떠나는 경우가 많습니다.

이 작품에서 '나'가 찾아간 매잡이는 곽 서방이라는 사내입니다. 찾아가 보니 곽 서방이라는 사내가 식음을 전폐하고 남의 집 헛간에 누워 있습니다. 그는 원래 매를 데리고 다니면서 꿩이나 토끼 같은 것을 사냥하고 그 대가로 약간의 품삯을 받거나 밥을 얻어먹으면서 지내왔습니다. 매잡이가 으레 그렇듯 따로 거주하는 집도 없고 식구도 없이, 매잡이들을 먹여 주는 동네 부잣집에 기식하면서 살았죠. 예전엔 공짜 술을 대접받기도 했고요. 하지만 이제는 일도 없이 떠도는 신세로 동네 아이들조차 그를 무시하고 놀려댑니다. 이런 풍경은 소설의 배경인 1960년대 후반의 농촌 상황과 관계가 있습니다. 도시화가 진행되고 농촌 인구가 감소하면서 더 이상 매잡이를 앞장 세워 꿩 사냥 같은 걸 하는 시대가 아닌 거죠. 이제 농촌에서도 여유 시간이 생기면 뭐라도 만들어서 시장에 내다 파는 게 당연해진 시대가 됐습니다.

농촌 사람들이 함께 꿩 사냥을 나서던 시절만 해도 농촌 공동체에서는 '증여'라는 교환양식이 통용되고 있었죠. 꿩 사냥 자체가 바로 이런 증여의 경제가 작동하는 장이었습니다. 마을 사람들이 모두 모여 한바탕 꿩을 몰아주고, 꿩을 잡으면 그 핑계로 잔치를 했습니다. 작은 산짐승 몇으로는 부족하니까 집집마다 술과 안주를 더 내와서 보태기도 했던 거죠. 그런 잔치에서 사냥에 앞장 선 매잡이도 한바탕 얻어먹을 수 있었던 거고요. 물론 화폐를 통한 상품 교환의 경제 또한 작동했겠지만, 근대화 이전 농촌 공동체를 유지하는 데에는 증여가 큰 몫을 했습니다.

하지만 1960년대부터 시작된 산업화와 도시화, 그리고 자본주의의 급속한 발달로 인해 기존의 농촌의 모습은 많이 바뀌게 됩니다. 모든 것이 화폐와 상품의 교환으로 환원되는 자본주의 경제가 농촌 공동체의 구석구석까지 영향을 미치게 되었고, 자연히 이 소설에 등장하는 매잡이 같은 존재는 설 자리를 잃은 것입니다. 이제 매를 팔뚝에 얹고 집도 없이 떠도는 곽 영감 같은 인물은 정말 요령 없고 시대에 뒤떨어진 사람이 됩니다. 하지만 곽 영감은 꿋꿋하게 매잡이 노릇을 하려 합니다. 다른 기술을 배우거나, 품팔이를 하려고 하지 않고 꿋꿋하게 매를 데리고 떠돌아다니죠.

그러던 중 평소 매잡이에 흥미 있어 하던 동네 '버버리 소년'과 함께 사냥을 나섭니다. 이 소년은 말을 못했고, 따라서 큰 소리를 외치는 식으로 꿩을 몰 수 없었기 때문에 이번 사냥에서 꿩을 모는 역할을 늙은 곽 영감이 맡을 수밖에 없습니다. 하지만 늙은 곽 영감이 꿩몰이를 감당하지 못해 넘어져 버리고, 그 사이에 매는 잡은 꿩을 실컷 먹고는 다른 마을로 달아나 버립니다. 그리고 며칠 뒤에 옆 동네에서 매를 찾아가라는 기별이 옵니다.

이 대목에서 매잡이와 관련된 흥미로운 풍습이 등장하

고 있는데요. 매가 다른 마을로 날아가 버리면 "시치미 꽁지에 적힌 주소로"(이청준, 「매잡이」, 229쪽) 매 주인에게 기별이오고, 매를 찾아 준 대가로 삯을 얼마간 주거나, 아니면 그마을로 가서 사냥을 한 번 해 주는 것이 전통이었습니다. 곽영감은 어렵게 돈을 빌려서 매를 찾으러 가죠. 하지만 매를데리고 나온 이웃마을 사람은 매 값을 받지 않습니다. 그 역시 한 때는 매잡이였다가 정착을 한 인물이었는데, 딱한 처지의 곽 영감이 빌려서 마련해 온 돈임을 알면서도 받을 수는 없다는 것이었죠. 하지만 곽 영감도 매를 찾아 준 사람에게 답례를 하지 않을 수 없다는 논리를 움켜쥐고 놓지 않습니다. 그는 "매 값을 치를 수 없으면 매가 들어간 마을로 가서 이삼 일 매를 놀아주면 되었"던 옛 관습을 떠올리고, 매를 데리고 가서 사냥을 해주는 것으로 신세를 갚으면 어떻겠냐고 제안을 합니다. 그러나 이번에도 역시, '세상 물정 모르는 소리'라는 타박을 듣습니다. 지금 시대에 매사냥 같은걸 누가 하겠냐는 거죠.

　이 사건은 곽 영감에게 큰 충격으로 다가옵니다. 이제까지 매잡이로서 지켜 왔던 도리나 의례가 모두 무너지는 사태를 마주한 것이니까요. 이 일 이후, 곽 영감은 식음을 전폐하고 시름시름 앓다 세상을 떠나고, 매잡이를 따랐던 버버리 소년이 곽 영감의 매를 데리고 사라지는 것으로 소설 속 매잡이 이야기는 결말을 맺습니다. 사실 이러한 결말은 예견된 것이기도 합니다. 시대가 변한 이상, 예전 시대의 방식으로 존재하던 것들은 계속해서 살아갈 수 없었던 것이죠.

이렇게 구시대의 존재들이 자본주의의 발전과 함께 사라지고, 자리를 잃고 떠도는 것은 이후 황석영 소설의 인물들로 이어집니다. 황석영의 소설에 도시 빈민, 부랑자, 일용직 노동자 등이 등장하는 것도 이러한 사정과 거리가 멀지 않습니다. 농촌 사회의 경제 운용의 원리가 무너지고 변하면서 갈 곳을 잃은 인물들이 도시로 몰려들었고, 황석영의 소설이 바로 이들을 포착하고 있는 것이죠.

예술에 대한 메타소설 : 「불 머금은 항아리」

지금까지 「줄광대」와 「매잡이」를 통해 살펴본 것처럼, 이청준은 시대의 흐름에 의해 밀려나는 장인형 인물들을 그려내고 있습니다. 이런 장인형 인물들을 그려 내면서 이청준은 시대와 예술에 대한 문제에 천착하고 있는 것처럼 보입니다. 1977년에 발표한 「불 머금은 항아리」라는 작품 역시 장인형 인물이 등장하며, 작가의 예술관을 엿볼 수 있다는 점에서 흥미롭습니다. 이 이야기에는 '이 그릇을 지닌 사람은 부자가 됩니다'라는 글자가 새겨진 사기(砂器) 그릇이 등장합니다. 다소 장난스러운 글자가 새겨진 그릇이 세상에 나오게 된 데에는 배경이 있습니다.

이 그릇을 만들고 이상한 글자를 새겨 넣은 인물은 지금은 백발이 된 용술이라는 사기(砂器) 장인입니다. 그는 젊은 시절 허 노인이라는 장인 밑에서 도제 생활을 했습니다. 그런데 이 도제 생활이라는 것이 의욕 왕성한 청년에게는 꽤나 힘든 일이었습니다. 왜냐하면 스승인 허 노인이 그릇 만드는 요령을 가르쳐 주지도 않을뿐더러, 몇날 며칠을 고생해서 가마에서 그릇을 구워 낸 후에도 만족하지 않고 끝도 없이 깨 없애 버렸기 때문입니다. 어째서 그 그릇을 깨야 하는지 제대로 설명을 안 해주는 것은 물론이었습니다. 용술이 보기에 허 노인이 깨는 그릇과 그렇지 않은 그릇 사이에는 어떤 차이도 없어 보입니다. 가마의 살림을 꾸려나가는 것은 젊은 용술이었는데, 멀쩡해 보이는 그릇을 모조리 깨 버리는 허 노인이 용술 입장에서는 답답하기만 합니다. 그래서 용술은 허 노인 몰래 그릇을 빼돌려서 팔기도 합니다. '이 그릇을 지닌 사람은 부자가 된다'라는 문구를 새긴 그릇이 탄생한 것도 젊은 용술이 괜한 반항심에 저지른 일이었습니다.

사실 허 노인이 그릇을 자꾸 깼던 데에는 이유가 있었습니다. 허 노인은 좋은 그릇을 만드는 '비법'을 알려고 찾아온 사람에게 따로 숨겨진 비법이나 이치 같은 것은 없다고 말합니다. 비법이 있다면, 최선을 다해 그릇을 빚고, 불을 지피고, 구워 내는 것일 뿐, 최고의 그릇을 보장하는 특정한 비법 같은 것은 애초에 없다는 것입니다. 때문에, 최선을 다할 수는 있지만, 그렇다고 모두가 매번 완벽한 그릇을 만들 수는 없습니다. 그렇다면 무엇이 최고를 만들까요. 누구나 이런 질문을 할 수 있습니다. 용술처럼 그릇 만드는 기술을 배우고 싶은 사람도, 또 다른 무엇인가를 만들거나, 창조하는 예술가도 모두들 그 비법을 알고 싶겠지요. 이때 허 노인의 대답은 '우연'과 만나야 한다는 것입니다. 최선을 다하되 그 뒤에는 또 우연이 있어야 완벽해 질 수 있다는 것이죠.

이 말까지 들으면 약간 맥이 빠질 수도 있습니다. 그렇다면 그냥 다 하늘의 뜻인가. 열심히 해도 소용없단 소리인가, 하는 의문이 들 수 있죠. 하지만 이야기는 여기서 멈추지 않습니다. 이 우연이 성립하기 위해서는, 그보다 못한 것들을 없애야 한다는 겁니다. 그러니까 노인이 완성된 사기 그릇을 있는 힘을 다 해 깨부순 것은 바로 이 때문입니다. 더 못한 것, 완벽하지 않은 것을 과감하게 아까워하지 않고 포기했을 때 비로소 최고의 작품이 살아남는 것입니다.

이런 허 노인의 대답은 매우 의미심장합니다. 글쓰기나 다른 장인의 작업에도 적용될 수 있겠죠. 완벽을 위해서는 '몸과 마음으로 익히고' 작품을 만들되, '실수의 흔적을 줄여 없애'는 것, 이런 방법밖에 없다는 것입니다. 처음부터 어떻게 해야 한다는 규칙이나 정해진 설계도가 없다는 것이고, 좋은 작품은 사후적으로 실수의 흔적을 지웠을 때나 만들어질 수 있다는 것이라고 할 수 있습니다.

노인의 이러한 철학은 용술에게도 뒤늦게 전달이 됩니다. 그제서야 죽어라 사기 그릇을 깨기만 했던 노인의 입장을 이해하게 되죠. 그리고 이후부터 용술은 자신의 젊은 치기로 만든 오점('이 그릇을 지닌 사람은 부자가 됩니다'라고 글씨를 새긴 그릇)을 찾아서 없애고 싶어 합니다. 하지만, 그는 끝내 그 작업을 완수하지 못하고 눈을 감습니다. 그는 평생 자신의 오점을 안고 살아야만 했던 것입니다.

이 역시 예술에 대한 하나의 중요한 지점을 드러내는 것이라 할 수 있습니다. 이청준은 수필 「삶과 예술의 불완전성」에서 인간의 영역인 예술이나 삶에 있어 완벽은 없다는 취지의 말을 합니다. 인간은 다만 완벽한 미를 마음에 품고, 행하고, 가까워질 수는 있어도 완벽 자체가 될 수는 없다는 것이죠. 그러니까 허 노인의 '그릇 깨기'처럼 실수나 오점을 남기지 않기 위해 평생 노력은 할 수 있지만, 그렇다고 완벽 자체가 될 수는 없다는 것입니다. 그런 의미에서 용술이 오점을 안고 살았던 것이야말로 예술가 혹은 장인이 감당해야 할 운명 그 자체라 할 수 있겠습니다.

자본의 증식과 떠도는 사람들 : 황석영

4강 - 자본의 증식과 떠도는 사람들 : 황석영

1. 방랑하는 젊음

방랑과 함께 시작된 이야기

황석영(1943~)은 다른 한국 작가들과 비교해 볼 때 굉장히 활동 범위가 넓습니다. 이는 작가 황석영이 머무르고 거쳐 간 물리적 공간 측면에서도 그렇지만, 그의 활동 범위가 단순히 소설 쓰는 작가의 범위를 넘어 사회 운동을 하고 적극적으로 발언하는 데까지 이르렀다는 측면에서도 그렇습니다.

우선 그의 출생에서부터 현재까지의 이력을 살피려 하는데요. 이는 한국 현대사의 주요 국면을 다시 이야기하는 일이기도 합니다. 그는 만주 장춘에서 태어났지만, 해방이 되자 그의 가족은 어머니의 고향인 평양으로 이주했다가 다시 월남하여 영등포로 정착합니다. 하지만 그가 초등학교에 들어간 해에 6.25 전쟁이 터져서 피난지 생활을 하기도 했습니다. 그의 어머니는 목사 집안 출신으로 식민지 시기에 일본에서 전문학교까지 다닌 분이었고 아버지는 만주에서 자수성가한 사업가로, 식민지, 해방, 전쟁, 그리고 피난 등 여러 고비 속에서도 가족들을 먹여 살리기 위해 열심인 분이었다고 하죠. 하지만 아버지는 장남인 수영(황석영의 본명)이 중학교에 들어가고 얼마 안 있어 병으로 돌아가셨고, 홀어머니가 네 남매를 키웠습니다. 황석영의 어머니는 근대적 교육을 받았다는 자부심이 높은 여성으로, 어려운 형편 속에서도 자식에 대한 교육열이 높았다고 합니다. 특히 장남에 대해 매우 엄격한 분이었다고 하는데요. 이렇게 자란 장남 황석영은 그는 어머니의 소원대로 명문 중고등학교(경복중, 경복고)에 진학했습니다.

그러나 그는 어머니의 기대와 달리 모범생과 거리가 멀었고, 경복고를 다니던 시절에 가출해서 남도 지역을 방랑한 것을 시작으로 가출을 거듭하고 결국 고등학교를 세 군데나 거친 끝에 졸업했다고 합니다. 그 스스로 밝히기를 명문고등학교에 다니는 말 잘 듣는 모범생들에 대한 본능적인 거부감 같은 게 있었던 것 같다고 하는데요. 일찍부터 글을 쓰기 시작했던 그가 문예반에는 일부러 들어가지 않았고, 대신 수구부, 등산부 등에서 활동한 것도 역시 같은 이유였다고 합니다.

황석영은 고등학교 때부터 이미 글 잘 쓰는 학생으로 통했고, 등산반 경험이 바탕이 된 「입석부근」이라는 단편으로 『사상계』 신인추천 공모에 당선됩니다. 전쟁 이후 남한 사회에서 글 좀 읽는다는 인텔리나 문학청년들 사이에서 중요하게 읽히는 잡지 『사상계』에 고등학생 신분으로 등단을 한 것이니 일찍부터 이름이 날 만합니다.

하지만 그가 본격적으로 소설을 쓴 것은 한참 후의 일입니다. 십대 때부터 시작된 방황이 이십대 초반까지 이어졌고, 긴 방랑 생활을 하다가 집에 돌아왔더니, 군에 가지 않으면 안 되는 나이가 되어 버렸고, 결국 떠밀리듯 해병대에 자원 입대를 했다고 합니다. 오랫동안 일정한 거처 없이 돌아다닌 탓에 입영통지에 응하지 못했고, 더 이상 미루었다가는 군대를 기피한 것이 되어 버려 처벌을 받을 수도 있었기 때문이었습니다. 그가 입대한 해가 1966년으로 이때는 한국이 베트남 파병을 추진하고 있던 때이기도 합니다. 하필 그가 배치된 부대가 베트남 파병부대였고, 이렇게 해서 그는 베트남으로 가게 됩니다. 「탑」, 「낙타누깔」, 그리고 『무기의 그늘』과 같은 베트남 전쟁을 소재로 한 소설이 창작된 데에는 이러한 배경이 있습니다.

그가 작품 활동을 본격적으로 시작한 것은 제대 후에 조선일보 신춘문예에 「탑」(1970)이라는 소설로 등단을 한 이후입니다. 이때부터 황석영이라는 필명을 쓰기 시작하고 본격적으로 작가로 활동하면서 「객지」, 「삼포 가는 길」, 「돼지꿈」 등의 주요 작품들을 연이어 발표하였습니다. 이 작품들은 황석영 작가의 작품 세계에서도 중요하지만, 1970년대 한국 문학사를 이야기할 때도 중요한 작품들입니다. 그의 대표작이기도 한 「삼포 가는 길」이 나왔을 때 평론가 염무웅은 "빈곤 자체"만을 다룬 것이 아니라 "구조적인 파악"『경향신문』, 1974. 6. 5.이 있다는 점을 들어 높이 평가합니다. 이는 당시 도시화로 심각해진 빈곤 문제를 단순히 전달하는 데 그치지 않고, 그것이 발생할 수밖에 없는 사회적인 구조 자체를 들여다봤다는 점에서 「삼포 가는 길」이 의미가 있다는 뜻일 겁니다.

그런데 그의 단편 활동은 평단의 높은 평가나 기대와 달리 오래 지속되지는 않았는데요. 그가 『장길산』이라는 단행본으로 총 열 권 분량의 장편소설을 연재하느라 단편에 소홀했던 탓도 있지만, 더 큰 이유는 그의 표현을 빌리자면 '사회봉사' 때문입니다. 군사정권에 대한 저항운동이 활발했던 1970~80년대에 그는 노동운동, 문화운동, 통일운동 등 여러 현장활동을 함께하였고 그러다 보니 실질적으로 작품에 몰두할 시간이 부족했다고 할 수 있습니다. 하지만, 동시에 한국 현대사의 주요 사건의 현장의 한가운데에서 작품 활동을 한 탓에 그의 소설은 그 누구의 것보다도 한국 현대사를 들여다보는 데 좋은 자료이기도 합니다.

그는 1970년대에 이미 주목받는 삼십대 작가였지만, 구로공단에 취업하고 노동실태를 고발하는 글을 발표하는 등 노동운동 현장에서도 활동하였습니다. 그리고 문화운동을 조직하기 위해 전라남도 해남으로 내려갔다가(1976년), 1980년 5.18 항쟁을 목격하고 이에 대한 르포『죽음을 넘어 시대의 어둠을 넘어』(1985)를 발표했습니다. 그리고 1989년 방북 사건으로 한국에 들어오지 못하고 독일, 미국에서 망명 생활을 하다 1993년에 귀국하여 오 년 동안 징역을 살았습니다. 이후『오래된 정원』(2000),『손님』(2001) 등의 작품을 발표하면서 오랜 작품 활동 공백기를 깬 이래로 현역 작가로 작품을 발표하고 활동하고 있습니다.

황석영 작품의 키워드만 해도, 식민지, 전쟁, 분단, 냉전,

군사독재, 근대화, 빈곤, 노동문제, 베트남 파병 등으로 매우 많습니다. 이번 강의는 이 중에서 1970년대에 발표된 단편들을 살필 텐데요. 근대화로 인해 고향(농촌)에서 쫓겨난 사람들의 방랑을 그린 「삼포 가는 길」, 노동문제를 다룬 「객지」, 베트남 파병 경험이 반영된 「낙타누깔」을 중심으로 다루고자 합니다.

'상징적' 아버지의 부재와 동성연대: 「입석부근」

「입석부근」(1962)은 암벽등반을 하는 '나'의 시점에서 서술됩니다. 네 명의 친구가 암벽을 오르는 중인데, '나'가 가장 선두에 서 있습니다. 암벽등반은 "내가 나만의 세계를 만들기 위하여 싸우고 있는 시간"황석영, 「입석부근」, 11쪽, 즉 일종의 '극기'의 시간입니다. 이 작품은 작가의 십대 시절, 등산반이었고, 또 가출과 출가 등 온갖 기행을 일삼던 시절의 황석영의 내면이 어땠는지를 보여 주는 이야기이기도 합니다.

　이 이야기에 등장하는 '택이'라는 친구가 있습니다. 택이라는 이름은 황석영이 고등학교 시절 함께 가출을 했던 친구의 이름이기도 한데요. 황석영은 고등학교를 그만두고 이 택이라는 친구와 수유리 근처의 동굴에서 며칠 동안 함께 생활했다고 하죠. 하지만, 이 소설의 택이는 작가의 산문에 등장하는 실제 인물 택이와는 차이가 있습니다. 소설의 화자인 '나'의 매우 가까운 친구였고, 역시 동굴 생활을 했다는 것은 같지만 소설 속 택이는 '나'와 등반을 하다가 목숨을 잃는 인물입니다. '나'의 회상에 따르면 택이는 눈보라가 날리는 상수리봉에서 '나'를 위해 로프를 끊어 버리는 희생을 했습니다. '나'는 친구 택이를 떠올리면서 부채감을 느끼고 있습니다.

친구 택이랑 함께 동굴 생활을 하던 때를 회상하는 대목에서 소설 속 인물의 여린 모습이 잘 드러납니다. 택이가 동굴 생활을 하다가 어느날 사람들이 보고 싶다고 떠난다고 하자, '나'는 화를 냅니다. 속세의 사람들을 피해 둘이 생활해 보자고 결의를 하고 올라온 것인데 친구가 먼저 배신을 하니 서운한 것입니다. '나'는 서울로 가겠다고 밤길을 나선 친구 택이를 따라나섰다가 다시 혼자 동굴로 돌아와서는 눈물을 흘리며 결심하기를 남자로서 '야성'을 키우기 위해 이 동굴을 지키겠다고 결심합니다.

황석영의 다른 1970년대 단편소설이 그렇듯 이 소설에서도 아버지가 부재합니다. 아버지의 부재는 상징적 아버지, 그러니까 모델로 따를 아버지의 부재입니다. 그리고 그런 아버지 대신에 '나'가 강한 아버지가 되어야겠다는 것이지요. '나'가 혼자 남아서 하는 생각 중에 재밌는 것이 '가장이 집을 지키듯이 자기가 이 동굴을 지키겠다'는 부분인데요, 사실 식구들 없이 집을 지키는 가장은 없습니다. 거느린 식솔이 없다면 이미 가장도 아니고요. 또한 한국사회에서 오히려 마지막까지 집을 지키는 것은 어머니였죠. 이 이야기에서도 역시 가출한 '나'가 돌아오기를 기다리는 것은 홀어머니였고요.

또한 이들의 남성성(야성)에 대한 추구는 다른 한 편으로 동성연대를 보여 준다는 점에서도 흥미로운 대목입니다. '나'는 선두에 서서 암벽에 길을 내고 뒤에 오는 동료를 리드하고, 또 '나'가 다치면 다른 친구가 와서 도와줍니다. 암벽등반을 하는 동안 네 사람이 서로 신뢰하고 자신의 책임을 다하지 않으면 안 됩니다. 서로가 한 몸이 된 듯 제각각 역할을 잘 해야 목표한 고지에 다다를 수 있습니다. 이들이 함께라는 것은 정신적으로만 그런 것이 아닙니다. 자연히 신체적으로도 매우 가까운 자세로 접촉하고 있습니다.

「입석부근」에 인상적인 장면 중 하나가 함께 암벽을 타다가 누군가 부상을 당하고 피를 수혈하기 위해 다친 친구와 나란히 눕는 장면을 회상하는 장면입니다. 이 경우 병원에서 피를 수혈하고 수혈 받기 위해 고무줄을 연결하고 있을 뿐인데, 이것이 마치 암벽등반을 하면서 서로가 자일로 연결된 것처럼 바뀌어 보인다는 겁니다. 그러니까 암벽등반은 거대한 바위라는 대상을 서로 공유하면서 몸과 마음이 하나가 되는 그런 합일 의식 같은 것이기도 합니다.

반면, 「입석부근」에서 다른 남성 동료들의 신체에 대해 생각할 때 나타나는 끈끈함 같은 것이 여성의 신체에 대해서는 나타나지 않습니다. 가끔 이렇게 '야성'을 꿈꾸는 남성 인물들에게서는 여성에 대한 경험을 과시하는 부분이 등장하기도 합니다. 하지만, 이것은 성인 사회로의 진입을 위해 필요한 절차일 뿐, 그 자체가 특별한 감응을 주는 것 같지는 않습니다.

「입석부근」의 '나', 야성을 키우겠다고 가출한 '나'는 작가 황석영의 고등학교 시절과도 유사합니다. 황석영은 엄한 어머니, 그리고 일류 고등학교 특유의 모범생 분위기 등이 싫었다고 하죠. 야성에 대한 집착은 일종의 남성성에 대한 의지이죠. 황석영의 인물들은 어른들의 간섭으로부터 벗어나, 야성을 키우고 싶어합니다. 하지만, 이런 의지의 표현은 역으로 전통적인 남성성과는 다른 방향을 향하게 된다는 점에서 아이러니한 측면이 있습니다.

2. 사라진 고향, 밀려난 사람들

황석영의 1970년대 작품들은 산업화가 진행되면서 소외된 계층들의 삶을 전면에 드러냈다는 데 의미가 있습니다. 「삼포 가는 길」의 정씨나 백화와 같은 인물은 어려운 농촌 살림살이에 보탬이 될까 하여 도시로 나왔지만, 역시 제대로 자리를 잡지 못하고 떠돌고 있습니다. 이들은 「밀살」이나 「이웃사람」에서처럼 범죄에 내몰리기도 합니다. 이렇게 이전까지의 한국 소설에서는 좀처럼 주목되지 않았던 주변부 계층의 인물들이 황석영의 단편에서만큼은 생동감을 얻어 살아 움직입니다. 그리고 주변부 계층의 인물들이 겪는 불행의 구조적 문제를 주제화하면서, 저항 의식이 드러나기도 하는데, 이는 「객지」, 「야근」 같은 작품에서 두드러집니다.

사라진 고향: 「삼포 가는 길」

「삼포 가는 길」은 작가 황석영이 1970년대의 문제 작가로 부상하는 데 결정적인 계기가 된 작품입니다. 이 소설은 세 명의 떠돌이들(정씨, 노영달, 백화) 의 이야기인데요. 정씨와 노영달은 겨울이 되어 공사가 중단되자 마을을 떠나는 길에 우연히 길동무가 된 사이입니다. 두 사람 다 일거리를 찾아 여기저기 떠도는 신세이기는 하지만, 정씨는 사정이 좀 다른 것이 그에게는 돌아갈 고향이 있습니다. 그는 자신의 고향 삼포(森浦)가 비록 규모가 작은 섬이기는 하나, 비옥한 농지가 있고, 물고기도 잡아먹고 살 수 있는 곳이라고 이야기하죠. 이 말에 고향이라고 할 만한 곳이 없는 영달은 정씨를 부러워합니다.

정씨의 고향 삼포는 실재하는 지역을 말하는 것은 아니고, 목가적인 고향의 이미지를 대변하는 곳입니다. 전라남도의 항구 도시 목포(木浦)를 표기하는 한자와 유사하다고 해서 목포라는 말도 있고, 작가도 그런 비슷한 말을 하기도 했지만, 목포는 정씨가 말하는 작은 섬 마을이 아닐뿐더러, 이미 오래전부터 큰 항구 도시로 유명한 곳이니까요. 삼포라는 가상의 마을을 만든 것이라 생각하는 게 좋을 것 같습니다.

두 사람은 추위를 피해 들어간 서울식당이란 곳에서 술집 종업원 백화가 도망을 쳤다는 이야기를 전해 듣습니다. 술집 주인은 백화라는 여자를 다시 잡아다만 주면 1만 원을 사례로 주겠다는 약속을 합니다. 하지만 이 두 사람은 백화를 길에서 만나고도 서울식당에 다시 데려가지 않고, 그녀 역시 길동무로 받아들입니다. 눈이 많이 와서 버스도 안 다니고, 버스가 다닐 때까지 어디 쉬어 갈 여비가 있는 것도 아니기에 세 사람은 춥고 배고프지만 계속 걷습니다.

하지만 세 사람이 걷는 겨울길은 비록 춥고 배고플망정 낭만적인 분위기가 있습니다. 세 사람 모두 고향을 떠나 도시를 떠도는 게 얼마나 힘든지를 경험한 사람들이고, 지금은 그나마 세 사람이 서로를 의지하면서 눈길을 걷고 있기 때문이지요. 따로 고향이랄 게 없는 영달은 고향을 찾아간다는 정씨를 손윗사람으로 의지하고 있고, 백화는 영달의 건장한 몸에 의지하는 중이고요. 큰 집(감옥)에서 십 년이나 살았다는 정씨는 삼십대 중반쯤으로 보입니다. 무슨 사연이 있어서 감옥살이를 십 년씩이나 했는지 설명은 없으나, 오랜 고생 끝에 찾은 여유 같은 것이 있고, 젊은 영달에 비해 너그러워 보입니다. 입담 좋은 백화와 영달이 쉬지 않고 티격태격 싸워도 흐뭇하게 바라보죠. 백화가 다리를 다쳤을 때는 영달이 그녀를 업고 걸어갑니다. 드디어 육십 리 길을 걸어 감천이라는 곳에 도착하고, 영달은 가진 돈을 모두 털어 백화가 그녀의 고향에 갈 수 있도록 기차표를 사주기까지 합니다.

그러나 '삼포 가는 길'에 만들어진 세 사람 사이의 연대감은 오래 가지 못합니다. 눈길을 헤쳐 드디어 기차역에 도착했을 때, 서로에게 의지하는 낭만적인 분위기는 더 이상 지속되지 않습니다. 백화는 눈길을 걸어오면서 금세 영달에게 정이 들었고, 그와 함께 고향에 내려가고 싶어합니다. 하지만 이미 도시에서 살림을 차렸다가 헤어진 경험이 있는 영달은 백화를 혼자 보냅니다. 이러한 결말은 화폐와 자본의 논리가 지배하는 도시의 생활이란 눈길을 걷는 것보다 어려운 일이고 도저히 낭만 같은 게 끼어들 수 없기 때문일 겁니다.

백화가 혼자 떠나고, 정씨와 영달이 기차역에 남습니다. 그리고 이제 정씨가 품었던 '고향 삼포'에 대한 꿈 역시 깨어질 차례입니다. 그는 기차역 대합실에서 삼포는 더 이상 섬이 아니라는 소식을 전해 듣습니다. 다리가 놓여 육지가 되었고, 그곳에는 관광객을 위한 호텔이 들어서고 있다는 것입니다. 도시를 떠도는 이들이 남겨 둔 최후의 장소인 고향이 상실되는 순간입니다. 떠돌이 생활에 지친 그는 작은 섬마을인 고향 삼포에서 소박할지언정 행복한 생활을 할 작정이었습니다. 남쪽으로 가는 기차를 타고 다시 배를 타고 섬마을까지 들어갈 작정이었던 것이죠. 마지막으로 기댈 장소인 고향마저 예전의 모습을 잃어버린 것입니다. 이러한 결말은 이제 도시에서 지친 이들이 돌아갈 곳이 없다는 것을 상징적으로 드러내 보여 줍니다. 근대화의 물결이 기존의 삶의 기반을 모두 파괴하고 있다는 것을, 그리고 그런 현상이 바로 사람들을 떠돌이로 만들고 있다는 것을 상징하는 결말입니다.

이 작품은 1975년에 이만희 감독에 의해 영화화되었습니다. 영화에서도 세 사람이 함께 걷는 눈길 장면은 매우 아름답습니다. 이 자리에서 영화에 대해서 상세한 이야기를 할 수는 없지만, 이 영화의 결말에 대해서만큼은 짚고 넘어가고 싶습니다. 영화는 소설과 달리 정씨가 연륙교가 놓인 삼포에 도착하는 장면까지 이어집니다. 섬과 육지를 잇는 거대한 대교, 벚꽃 핀 도로, 관광객, 그리고 그러한 고향 모습을 보면서 미소 짓는 정씨의 얼굴로 영화는 마무리가 됩니다. 결말에 등장하는 대교는 최초(1973년)로 완공된 현수교인 남해대교인데요. 이 마지막 장면은 감독이 직접 편집한 것이 아니고, 당대의 검열 제도 탓에 들어간 것으로 알려져 있습니다. 그러니까, 당시의 정권은 고향에서 밀려난 사람들이 빈곤에 내몰리고, 도시에서도 다시 밀려나는 이야기를 허락하지 않았던 것입니다. 이렇게 이 영화의 엔딩은 엄혹한 시대의 검열의 흔적을 우리에게 보여 주고 있습니다. 그리고 산업화와 경제 발전이라는 목표가 많은 것들을 지우

는 과정과 함께 행해지고 있다는 것을 보여 준다는 점에서
도 의미심장하지요.

'못헐 짓'을 할 수 밖에 없는 대처(大處)의 생활:「밀살」

「밀살」은 세 남자(칼잡이, 조수, 신마이)가 만월이 뜬 밤에 모여
농가의 소를 훔쳐 도살하는 내용입니다. 조수는 미리 밀살
할 소를 낮에 알아봤고, 조용히 소를 꾀어낼 역할을 맡았습
니다. 그는 스스로 자신하기를 "소랑 이약(이야기―인용자)을
통할 정도"_{황석영, 「밀살」, 136쪽}라고 말합니다. 소와 말이 통할 정
도라면 소를 키워 본 적이 있는 농가 출신이라는 뜻이겠지
요. 그런데 소를 훔치는 데 자신의 재주를 사용하고 있는 것
입니다. 세 사람의 이야기를 들어 보면 이들이 밤중에 농가
의 소를 훔치는 데까지 내몰려 있는 사정을 알 수 있습니다.
세 사람 모두 도시에서 자리를 잡으려고 하지만 쉽지 않습
니다. 농촌에 있으면 돈이 없고, 돈을 벌려면 도시로 나가야
하고, 하지만 도시로 나가려면 돈이 필요한 현실. 이들은 이
런 악순환에 놓여 있고, 그래서 소를 훔칠 수 밖에 없다는 것
이 칼잡이나 조수의 이야기입니다.

　밀살의 주동자격인 칼잡이는 개천가에서 일을 해치우
자고 대담한 제안을 합니다. 조수는 칼질하기 좋을지는 몰

라도 마을 사람에게 들킬 게 걱정입니다. 그리고 이 두 사람이 무슨 작당을 하는 줄도 모르고 무작정 따라온 신마이가 있습니다. 신마이는 두 사람이 밀살할 장소를 고르는 동안에도 무슨 작당 모의인 줄을 몰라 가만히 있습니다. 그러다가 "밤일"의 목표가 "닭서리" 정도일 것이라는 기대와 달리 다름 아닌 농가의 소를 훔쳐다 고기를 파는 것이라는 데 놀랍니다. 그것도 농가의 살림 밑천이라고 할 만한 "암소"를 잡는 것이라는 데 더욱 꺼림칙해 하고요. 하지만, 발을 빼지는 않는 것이 그 역시 곧 산달인 아내를 생각해서라도 돈이 필요했기 때문입니다.

조수의 노련한 솜씨 덕에 들키지 않고 암소를 훔쳐 내고 도살이 시작되는데요. 시작부터 조짐이 좋지 않습니다. 칼잡이의 망치질은 빗나가고 이제야 칼잡이는 "께름칙"^{황석영,} 「밀살」, 139쪽함을 느낍니다. 죽음을 피하려고 마지막 안간힘을 쓰면서 버둥거리는 암소, 그리고 어떻게든 죽이려는 칼잡이가 대치 중인데, 물론 무기를 들고 있는 자가 일방적으로 우세한 싸움이지만, 쉽지 않습니다. 하지만 결국 칼잡이는 암소를 쓰러뜨리고, 잔인한 광경이 펼쳐지는 동안 이제까지 아무 말이 없던 신마이가 불을 비추겠다는 말과 함께 다시 등장합니다. 칼잡이와 조수가 도살에 적극 참여하는 반면,

신마이는 이 모든 광경을 구경만 하고 있었다는 것이 이 대사 한마디로 드러납니다. 그리고 가만히 있는 것이 민망해서 든 신마이의 플래시에 잔인한 광경이 다시 드러납니다. 그리고 어느새 피 냄새를 맡고 "쉬파리"떼가 몰려듭니다. 칼잡이는 몰려드는 파리 떼를 보고 진저리를 치며 "산 것은 전부 요 모양"황석영, 「밀살」, 141쪽이라고 혀를 차지만, 사실 칼잡이의 말은 쉬파리 떼에만 해당하는 말 같지는 않습니다. 먹고살겠다고 농가의 소를 훔치고, 아직도 목숨이 붙어 있는 동물의 피를 마셔 가며 소를 해체하는 그들의 모습도 피 냄새를 맡고 달려드는 쉬파리와 다를 것이 없기 때문이겠죠.

그런데 내장을 가르던 칼잡이가 갑자기 칼을 내동댕이칩니다. 칼잡이가 두번째로 "께름칙"을 느낀 순간인데요. 알고 보니 이들이 도살한 암소는 송아지를 배고 있었습니다. 안사람 해산철에 이런 짓을 저질렀다고 궁시렁거리는 신마이는 물론이고 칼잡이도 조수도 "께름칙"함을 느낄 수밖에 없죠. 예상하지 못했던 변수들이 많았기 때문일까요. 각(脚)을 다 뜨고 부산물을 땅에 묻고 길을 나섰을 때는 벌써 새벽빛이 가득합니다. 원래 계획이라면 진작 마을을 떠났어야 할 시간이죠. 시간은 좀 늦었지만 어쨌든 이들은 대처에 나가 돈으로 바꿀 고기를 한 짐 지고 길을 나섭니다.

하지만 전리품을 획득한 것에 비하면 이들 셋의 발걸음은 어쩐지 무겁습니다. 그 이유가 피로와 배고픔 때문만은 아닐 것입니다. 안사람 산달에 "못헐 짓"을 했다고 께름칙해하는 신마이도 그렇고, 나머지 두 사람도 기분이 좋을 리 없습니다. 하지만 칼잡이는 도시에 나가 보면 다 알 거라고 말합니다. 이건 신마이 보고 그만 징징대라고 말하는 소리 같기도 하지만, 자신의 신세를 정당화하기 위한 말이기도 할 것입니다. 이렇게밖에 살 수 없음에 대한 회한이자, 이것이 계속 반복되리라는 한탄이겠죠. 신마이는 오늘이 처음이지만, 이런 일이 거듭될 수도 있고, 다음 번에는 주동자가 될지도 모르죠.

칼잡이는 애써 들고 온 탯송아지를 그냥 버리자고 합니다. 갑자기 "사삭스럽게"^{황석영, 「밀살」, 145쪽}군다는 것이 조수의 반응인데요. 왠지 재수가 없을 것 같다는 칼잡이의 말은 틀린 것 같지 않습니다. 먹고살자면 어쩔 수 없다고 농가의 암소를 끌어내던 소설의 서두와 달리 마지막은 어쩐지 불길한데요. 결코 '운수 좋은 날'로 끝나지 않을 것이라는 예감을 남긴 채 이야기는 마무리됩니다. 이들이 범죄를 저지르고 한탕을 해도 도시에서 자리 잡고 살아가기는 어렵겠지요. 앞서 살펴본 「삼포 가는 길」의 정씨가 길 위에 있는 것처럼

말입니다. 어쩌면 정씨도 밀살의 인물들처럼 도시로 나오기
위해 이런 작당 모의를 했을지도 모를 일입니다.

떠밀려난 사람들의 '개꿈': 「돼지꿈」

「돼지꿈」의 배경은 공단마을입니다. "흉물스레 높이 솟은
기와공장 굴뚝"과 "낮은 움막집"이 모여 있는 곳이고 얼마
안 있으면 도시 재개발로 사라질 예정인 곳이기도 합니다.
동네 풍경이 묘사된 후에 넝마주이 강씨가 손수레를 끌고
등장합니다. 그는 비록 넝마를 주워 입은 탓에 차림은 별 볼
일 없어 보이고, 머리가 새기 시작한 오십대이지만, 목도꾼
(무거운 물건을 밧줄로 얽어 어깨에 메거나 막대에 걸어 메어 옮기는
일꾼)이었던 인물답게 덩치가 좋습니다.

　평소 넝마주이 강씨의 벌이는 대개가 "삼사백 원꼴"에
불과합니다. 가끔 장물을 건지는 횡재수가 없는 것은 아니
지만, 괜히 "닭장"(감옥) 신세를 질 수도 있으니 위험 부담이
따르기 마련입니다. 그런데, 오늘은 운 좋게 돈벌이가 되는
전선을 이익을 남기고 팔았을 뿐 아니라, 손수레에 죽은 개
한 마리를 싣고 돌아오는 뜻밖의 '횡재'를 했습니다. 사연인
즉, 폐기물을 주우러 나간 강남에서 우연히 교통사고로 죽
은 개를 매장해 달라는 부탁과 함께 떠맡은 겁니다. 죽은 개

의 임자는 매장 품삯까지 챙겨 줬지만, 강씨 무리들에게 여름 복철에 멀쩡하게 죽은(약을 먹고 죽은 것이 아니니까) 개 한 마리의 의미는 전혀 다른 것이었습니다. 기르던 개가 죽었다고 우는 아이를 달래고 매장하는 것은 강남 아주머니의 상식일 뿐입니다. 강씨의 수확에 동네 사람들은 뜻밖에 '잔치'를 하게 생겼다면서 작당 모의를 합니다. 드디어 저녁이 되어 잔치판이 벌어집니다. 쓰레기 더미와 잡초가 무성한 공장부지일망정 모닥불이 있고 술과 고기가 있으니 활력이 넘칩니다. "개털이 타는 노린내", "쇠솥에서는 더운물이 펄펄 끓"고 "마른 나무가 타는 소리"가 들립니다.

그런데, 이들 앞에 펼쳐진 광경이 예사롭지 않습니다. 기와공장 아랫동네가 오늘 모두 철거되어 버려 불빛 하나도 보이지 않는 허허벌판입니다. 동네 반장은 그래도 다행이라고 이 동네는 내년까지는 괜찮다고, 그리고 생긴 지 십 년이 넘었기 때문에 권리금이 못해도 오만 원은 나올 거라고 장담을 합니다. 이들은 잔치가 끝날 때 오늘은 마을에 경사가 많다고 자축하지만, 과연 그럴까요. 사실 비극은 잠시 미루어진 것뿐입니다. 강씨가 가져온 '고기' 덕분에 이들은 오늘 하루를 축제로 보내고, 낙관하지만, 사실 이들이 생각하는 꿈은 모두 개꿈에 불과합니다.

소설가 김소진은 이 소설의 제목이 '돼지꿈'임에도 불구하고 한 번도 '돼지'가 등장하지 않는 대신 '개'가 나왔다는 것을 지적한 바 있습니다. 그러니까 이들이 지금 '돼지꿈'이라고, 오늘은 '운수 좋은 날'이라고 생각하는 것이 모두 "개꿈"김소진, 『한국일보』, 1997. 1. 6.이라는 겁니다. 이들은 아랫동네와 달리 우리는 무사하다고 좋아들 하지만, 철거가 미루어졌을 뿐이지, 내년이면 이 마을은 사라질 것이고, 권리금이 오만 원이 나온다고 해도 그 돈으로는 집을 구하기 어려울 것이며, 그것은 곧 더 변두리로 밀려난다는 뜻이기도 합니다.

소설 속에서 강씨의 딸 미순이의 결혼이 성사되는 것도 횡재라 보긴 힘듭니다. 강씨 처는 딸 미순이가 일수 돈을 빌려 가출했다가 임신해서 돌아온 것을 보고 화를 냅니다. 하지만, 곧 재건대 왕씨 영감에게 시집 보내는 것으로 해결해 버립니다. 이 결혼은 미순이의 오빠 근호가 공장에서 손가락 세 개를 잃는 산재를 당하고 보상금으로 삼만 원을 받아 왔기 때문에 가능해졌습니다. 강씨는 목돈이 없어서 어떻게 딸 시집보낼까 걱정했는데, 마침 아들이 혼인 자금을 가져온 것입니다. 강씨는 이렇게 모든 일이 술술 잘 풀리고 있다고 생각합니다. 이제 근호는 공장에 나가지 못할 것이고, 앞으로 어떻게 먹고살지도 막막하지만 말입니다.

이처럼 모두들 한여름 밤의 단꿈에 빠지기라도 한 듯 들 뜬 분위기입니다. 하지만, 두 젊은이는 그 분위기에 좀처럼 휩쓸리지 못하겠지요. 근호는 축제가 끝난 공터 땅바닥에 벌렁 누워서 앓고 있고, 미순이는 그런 오빠를 흔들어 깨우고 있습니다.

3. 노동 착취의 현실과 쟁의

「객지」, 황석영의 리얼리즘

박정희 정부는 1964년 11월 3일을 수출의 날로 지정합니다. 수출 목표액 1억 달러 달성을 기념하기 위한 것인데요. 1억 달러 달성 목표를 세운 지 2년도 안 되어서 달성한 성과였습니다. 처음 목표를 세운 1962년만 해도 한국 기업의 수출액은 모두 5천 481만 달러였고 이중 천연물이 75퍼센트를 차지했었죠. 수출 목표 달성을 할 수 있었던 것은 천연산물 위주였던 수출 품목을 공산품으로 바꾸었기 때문이었습니다. 그리고 공산품 수출 증대를 위해서는 값싼 노동력이 요구되었고 이를 위해 추곡 수매가는 오랫동안 통제되었습니다. 이에 따라 농촌은 어려워질 수밖에 없었고, 젊은이들은 산업의 중심인 도시로 나가기 시작했죠. 그리고 이렇게 저임금 노동자, 도시 빈민으로 고달픈 삶을 이어가야 했습니다. 앞서 살펴본 「삼포 가는 길」이나 「밀살」의 인물들이 바로 농촌에서 더 이상 살 수 없어 도시로 나왔으나 떠돌이 신세를 면치 못하는 경우였지요.

특히 노동현장에서는 저임금, 열악하고 위험한 노동 환경이 계속해서 문제가 되었습니다. 하지만 정부는 이러한 문제를 덮으려고만 했죠. 수출산업을 육성하면서 가장 먼저 노동자들을 통제하기 위한 방안을 마련했습니다. 1963년 4월 17일에 제정된 '근로자의 날에 관한 법률' 역시 그 일환이었는데요. 정부는 노동절을 빼앗고 '근로자의 날'로 바꾸었습니다. 노동자의 권리인 연대 총단결권도 빼앗았죠. 겉으로는 '산업역군', '수출전사' 등의 단어를 사용해 노동자들을 치켜세웠지만, 실제 공장 노동자는 낮은 처우를 받았고, '공순이', '공돌이'라는 멸시로부터 자유롭지 못했습니다. 1970년 평화시장 노동자 전태일의 죽음은 이러한 모순이 폭발한 것이었습니다. 황석영이 「객지」를 쓰게 된 배경에는 이러한 현실적인 문제가 깊이 개입되어 있습니다.

황석영의 「객지」는 바다를 제방으로 막는 간척공사 현장에서 노동자들이 쟁의를 일으키는 이야기이죠. 이 소설에는 '한국 리얼리즘 문학의 대표작'이라는 수식어가 따라 다닙니다. 리얼리즘이라는 문학 사조에 대해 말하자면 복잡한 논의가 필요하지만, 간단히 말하면, '현실을 반영한다'는 것입니다. 그런데 이렇게 규정을 하면, '다른 문학 작품은 현실을 반영하지 않는가?' 하는 반문이 나올 수 있겠죠. 그래서 어떤 소설이 '리얼리즘이다'라고 말하는 것은 '그것은 문학이다'라고 말하는 것처럼 동어반복일 수 있습니다. 당연히 어떤 소설에 대해 충분한 설명이 될 수도 없습니다. 따라서 리얼리즘이라면 그때 현실이란 무엇이고, 또한 이 현실을 리얼하게 표현한다는 것은 또 어떤 의미인가, 보다 질문을 구체화할 필요가 있습니다.

전태일의 시대

우선 이 작품이 탄생한 배경에 대해 살펴보겠습니다. 이 소설은 1971년 계간 『창작과 비평』 봄호에 발표되었습니다. 1970년 11월 13일에 전태일 열사의 죽음이 이 소설을 창작하게 된 직접적인 계기가 되었다고 황석영은 말합니다. 단행본 100페이지 가까이 되는 중편소설이고요. 분량을 감안하면 굉장히 빠른 속도로 집필했다고 짐작이 됩니다.

그는 이 소설 집필에 1960년대 중반 떠돌이 생활을 했던 경험이 반영되었다고 밝힌 바 있습니다. 구체적인 구상과 작품 발표는 1970년대 초에 이루어진 것이지만, 일용직 건설 노동자라는 소재는 이십대 초반 작가의 방랑 경험에서 비롯된 것입니다. 그는 1964년의 한일협정반대시위에 참가했다가 유치장에 들어갔고 여기서 만난 건설노동자와 남도로 내려갔던 경험을 이야기합니다. 그 남자를 따라 청주, 진주 등지를 떠돌며 여러 일을 했다고 하죠. 그리고 그 남자가 「객지」의 대위라는 인물의 모델이라고도 합니다. 그런데 불행히도 작가가 겪었던 1960년대의 열악한 노동 환경이 1970년대 초에도 거의 바뀐 게 없었고, 사실 더 나빠지고 있었으니, 여전히 그때의 경험이 소설의 소재로 쓰이는 데 큰 무리가 없었을 것이고요. 물론 작가는 당시 노동 환경에 대한 자료 조사도 했다고 합니다. 그렇게 해서 이 소설을 썼고 이후 발표할 지면을 직접 찾아서 실었다고 하죠.

이렇게 해서 전태일 열사의 죽음 이후 삼 개월 정도가 흐른 시점에 「객지」라는 소설이 발표되었습니다. 이 작품에 대해 그간 많은 비평이 있었습니다. 그 중에는 '정치적 구호가 강하다', 혹은 '이 작품의 중심인물인 동혁이라는 인물이 지나치게 영웅적이다'와 같은 비판적인 평가도 있었습니다. 물론 그런 평에 맞서 '이 작품의 시대적 의미가 더 중요하다'는 반론도 역시 있고요.

논의를 단순화하면 미학이 먼저냐, 시대가 먼저냐, 라는 논쟁이라고 할 수 있는데요. 사실 어려운 질문입니다. 미학이냐 시대냐 혹은 미학이냐 정치냐. 그런데, 이 둘 중 어느 하나를 선택한다는 게 가능하지 않습니다. 오히려 이런 구분 자체를 비판적으로 바라볼 필요가 있습니다. 어디서부터 어디까지가 '미학'이고 또 '정치'(혹은 시대)일까요. 둘 중 하나를 선택할 수 있다고 생각하는 것부터가 특정한 입장에 편향되어 있음을 방증하는 것이라고 할 수 있습니다.

그래서 차라리 질문을 바꾸어서, 이 작품의 미학적 흠결로 자주 언급되는 동혁이라는 인물에 대해 다시 한 번 생각해 볼 필요가 있습니다. 그러니까, 동혁이라는 인물이 다소 어색할 정도로 영웅적으로 묘사되었다면, 그 배경에 대해, 혹은 그 의미에 대해 살펴볼 필요가 있겠지요.

「객지」는 건설현장의 불합리한 현실을 상세히 그려 냅니다. 예를 들어 감독조에 빌붙어 임금을 착취하는 십장들, 전표를 할인해 주고 이득을 챙기는 서기들, 함바의 노임 착취, 작업량을 속여서 기록하여 임금 착복하기(깍아치기)…. 이런 것이 현실이죠. 그리고 이러한 현실에서 노동쟁의를 도모하는 동혁이라는 인물이 있습니다. 그는 이십대 초반 정도 되어 보이는 인물로, 노동현장 경험도 없어 보이고 이런 현장과는 거리가 멀었던 삶을 살았던 것 같습니다.

그런데도 동혁은 노동 쟁의의 승리에 대해 누구보다 확신에 차 있을 뿐 아니라, 운동을 조직하는 데도 노련합니다. 어째서 그가 이런 능력을 가지게 되었는지는 소설 속에 나와 있지 않죠. 그는 건설 노동현장의 불합리함에 맞서서 노동 쟁의가 일어나야 하고, 이를 위해선 누군가의 희생도 감수할 수 있다는 생각을 하죠. 지금 시각으로 보면 좀 무서운 사람이고, 대의를 위해 누군가 희생되어도 좋다는 생각을 하는 것을 보면 공감하기 어려운 대목도 분명히 있죠. 뭔가 대의에 중독된 인물 같기도 하고요. 특히 하필 '벙어리 오씨'라는 인물이 감독조에게 대항했다가 부상을 입었을 때의 동혁의 반응도 문제적입니다. 동혁은 그의 희생을 보고도 눈하나 깜짝하지 않고 부상당한 그를 다른 노동자들에게 보이는데요. 이런 식으로 '벙어리 오씨'의 부상이 노동 쟁의를 일으키는 도화선으로 이용되는 것도 불편한 대목이죠.

하지만 소설은 이런 불편한 대목에 대해 크게 신경을 쓰지 않는 듯합니다. 이 소설의 목표가 동혁이나 대위와 같은 인물을 그럴듯하게 그려 내는 것이 아니기 때문일 것입니다. 이 소설은 전태일 열사의 정신이 노동현장에서 계속해서 이어지기를 바라는 의지로 쓰여졌다고 해석할 수도 있는데요. 이런 의도는 소설의 배경에서부터 드러납니다. 이 소설은 쟁의가 실패하고 해고된 직후의 건설현장에서 시작됩니다. 바로 이 현장에서 동혁과 대위는 다시 쟁의를 도모합니다. 비록 누군가는 '실패'라고 할지라도 저항은 계속될 것이라는 점에서 모든 저항은 실패가 아님을 역설하고 있는 것입니다.

4. 베트남 전쟁, 훼손된 남성성

황석영의 70년대 작품에서 베트남 파병은 중요한 주제입니다. 한국은 1963년부터 1973년 파리협정으로 인한 철수까지 약 십 년 동안 베트남에 한국군을 파병합니다. 1964년 파병 동의안이 통과되고 두 달 만인 10월 12일 여의도에서 군중 환송 대회가 열렸습니다. 한국전쟁 휴전 후 겨우 십 년이 조금 지난 상황에서 또다시 전쟁에 참가하게 된 것이죠.

작가 황석영에게 베트남 파병은 특히나 중요한데요. 실제로 해병대원으로 베트남에 파병되기도 했던 그는 베트남 경험이 반영된 「탑」이라는 작품을 발표하면서 본격적으로 작품 활동을 시작했습니다. 이외에도 베트남 전쟁을 직간접적으로 다룬 작품으로는 「이웃사람」, 「낙타누깔」, 「돌아온 사람」 등의 단편과 장편소설 『무기의 그늘』이 있습니다. 황석영의 작품에서 베트남 파병은 박정희 정부가 내세운 "대한 남아의 기개"를 떨치는 자랑스러운 경험과는 거리가 멉니다. 오히려 이들에게 베트남의 기억은 부끄러운 과거에 가깝습니다.

「낙타누깔」은 파병되었다가 전투 부적격자로 판명되어 조기 귀대한 인물 '나'의 시선으로 서술됩니다. '나'는 가난 때문에 간호 후보생으로 지원을 했고, 직업 군인의 길을 갈까도 생각했지만, 군대는 본인 적성에 잘 맞지 않았고 베트남에서는 신경증을 겪었습니다. 귀환병을 실은 호송 열차가 항구(부산)에 정박하고, '나'는 이 항구도시에서 베트남의 일을 다시 회상하는데 그 기억은 결코 긍정적이지 않습니다. 이 소설의 최초 발표년도가 1972년인데요. 여전히 베트남에 파병을 하고 있었던 때에 비판적인 시선을 담은 소설을 발표한 것이죠. 그러다 보니, 발표 지면을 찾기 어려웠고, 하마터면 이 소설은 세상에 나오지 못할 뻔했다고 합니다. 그럼 이제부터 소설의 구체적인 내용을 함께 살펴보겠습니다.

귀환 장병, 갈 곳 없음

귀환 장병을 실은 호송차에서는 하역 작업이 진행 중이고,

다른 장병들은 모처럼 고국 땅을 밟는다는 기쁨에 들떠 번화가로 나가 유흥을 즐기고 있습니다만 '나'는 좀처럼 귀국했다는 기분을 느끼지 못합니다. '나'는 다른 장병들이 나가고 텅 빈 열차 안에서, 군수품 하나 없이 유일한 소지품인 보스턴백을 베고 혼자 누워 있습니다. 다른 귀환 장병들이 값나가는 밀수품을 챙겨 온 것과도 대조적입니다.

그러다가 '나'는 동료(병장)의 권유에 못 이겨 호송 열차에서 나와 고국 땅을 밟습니다. 그런데 번화가에 들어와도 고국 땅 같지 않은 것은 마찬가지입니다. 이들은 환영받지 못합니다. 군복을 입은 그들을 보고, 민간인들은 수군거립니다. 그들은 한몫 잡으러 갔다가 돌아온 사람일 뿐입니다. 병장의 말대로 죽을 고비를 넘겨 가면서 간신히 살아 왔지만, 이들을 보는 시선은 이렇게 싸늘하기만 합니다.

'나'가 느끼는 여전히 외국에 있는 것 같은 기분은 '텍사스촌'에 가서 분명해집니다. '나'는 동료의 성화에 이끌려 텍사스촌 미군 클럽에 갑니다. 동료는 베트남에서 받아 온 달러를 보이며 들어가려고 하지만, 미군 클럽 문지기는 내국인은 출입 금지라는 당국의 규칙을 말하면서 막아섭니다. 그러고는 혹시 모르니 "흑인 클럽"에 가보라고 합니다. "인종적인 점엔 신경이 날카황석영, 「낙타누깔」, 131쪽로우니 이해해

달라고도 하지요. 동양인은 백인들이 다니는 술집에 들어갈 수 없다는 의미였지요.

인종적 위계

이렇게 고국에 돌아와서도 환영받지 못하는 이들이 베트남에서도 환영받지 못했던 것은 당연합니다. '나'가 소설 속에서 회상하는 장면은 한국의 군대가 베트남 현지인에게 환영받지 못하는 것은 물론이고 연합군에도 소속될 수 없음을 상징적으로 드러냅니다.

'나'는 베트남에서 현지 여성과 '흑인 병사' 사이에서 일어난 다툼을 중재하려다 망신을 당한 경험이 있습니다. 베트남 여성은 흑인 병사와 '나'를 조롱했고, 이에 분노한 흑인 병사가 베트남 여성의 물건을 망가뜨렸습니다. '나'는 흑인 병사 대신에 돈을 지불해 줬는데요. 그러자 현지 경찰이 화를 내면서 말합니다. "당신 뭐야. 미국 사람 저 물건 깨뜨렸다. 따이한 돈 필요 없다"^{황석영, 「낙타누깔」, 121쪽.} 베트남 경찰이 돈을 거부한 것도 무색한 상황이지만, "따이한 돈"이라고 말한 것을 눈여겨 볼 필요가 있습니다. "따이한"은 대한민국의 '대한'을 베트남식으로 부르는 말입니다. 이 말 자체에 빈정대는 뉘앙스가 있다고는 할 수 없지만, 대체로 이들이 춘화 같은 외설적인 물건을 팔면서 호객 행위를 할 때 한국 병사들을 이렇게 부른다는 것을 생각하면, 결코 긍정적으로 들리는 말은 아닙니다. '나'는 다툼을 해결하고자 한 것인데, 얕보는 말과 함께 거절을 당한 거죠.

　그런데, 이때 흑인 병사가 화를 내면서 하는 말이 문제적입니다. 그는 베트남 청년에게 "이 냄새 나는 동양놈아. 너희는 거지 같은 '구욱'이다. '구욱'! 이 더러운 데서 우리는 너희 때문에 싸운다. 다친다. 죽는다"황석영, 「낙타누깔」, 121쪽라고 외칩니다. 흑인 병사의 이 말은 베트남 현지인을 겨냥한 말이지만, 옆에서 한국 출신 병사인 '나' 역시 이 욕설에 등장하는 "동양놈"이기에, 역시 모욕감을 느낄 수밖에 없는 상황입니다. "구욱"(gook)이라는 욕설 역시 주로 미국 병사들이 동양의 국가들을 부를 때 쓰는 말로 한국전쟁 때 한국군을 가리키는 말이었다는 점도 의미심장합니다.

　이는 한국 병사 '나'의 위치성이 단적으로 드러나는 장면입니다. 한국군은 명목상으로는 연합군 소속으로 베트남에 파병되었지만, 인종적으로 계층화되어 차별을 받고 있는 것입니다. 황석영의 신춘문예 당선작 「탑」에서도 유사한 상황이 등장합니다. 이 작품의 중심인물은 오상병이라는 인물인데요. 그는 보충병으로 R지역에 파견됩니다. 가서 보니 임무라는 게 조금 이상합니다. 마을에 있는 작은 탑을 지키는 게 임무인데요. 선임장병들에 따르면 이 탑이 베트남 사람들에게 종교적 의미를 지니고 있는 것으로, 베트남 정부군은 저항 세력에게 뺏기고 싶지 않고, 한국군이 대신 이를 지켜 주고 있는 것이죠. 탑을 사이에 놓고 저항 세력과 전투가 일어나고, 오상병이 있는 소대 병사들도 여럿 희생이 됩니다. 그런데 마지막이 놀라운데요. 지프차를 타고 온 미군 중위는 뭐 하러 이런 것을 애써 지키냐면서 비웃고 바로 밀어버리려고 합니다.

그들이 이제껏 지키고 있던 탑에 대해 마을 사람들이 지닌 상징적 의미, 저간의 사정을 말하면 할수록 우스운 꼴이 됩니다. 심지어 탑을 지키라는 작전 명령 같은 거 자기들은 들은 적도 없다면서 오히려 탑을 지키고 있는 한국군을 비웃습니다. 그냥 없애 버리면 간단할 일을 왜 복잡하게 하냐는 거죠. 이 탑 때문에 아군 여럿이 희생되었는데, 이런 식으로 말하면 힘 빠질 일입니다. 특히 이 질문은 베트남에 파견된 한국군의 처지를 생각해 보면 불편하지 않을 수 없는 장면이기도 합니다. 어쩌다 이 전쟁에 휘말려서 이국 땅에서 이런 고생을 하고 있는 것일까요. 더욱이 문제는 이 모든 희생의 의미가 불분명해 보인다는 것입니다.

민족적 열등감과 남성성의 위기

'나'의 회상 속에서 한국 병사는 베트남의 꼬마들도 무서워하지 않는 대상, 오히려 조롱의 대상에 가까워 보입니다. 베트남 아이들은 '나'에게 "낙타의 눈 언저리를 도려" 낸 것이라고 하지만 "개 꽁지를 잘게 끊어서 만들었을"^{황석영, 「낙타누깔」,} 115~116쪽 것이라 추정이 되는 정력기구를 팝니다. 이 기구의 이름은 "낙타누깔"로 한국어에서 온 것이죠. 현지 아이들은 이 정력기구를 들고 "낙타누깔 낙타누깔"^{황석영, 「낙타누깔」, 119쪽} 하면서 음탕한 몸짓을 하며 따라 붙습니다.

귀국하면서 돈 되는 물건은 하나도 안 가져왔다는 '나'가 유일하게 챙겨 온 것도 바로 이 "낙타누깔"입니다. '나'는 "낙타누깔"을 지닌 것이 현지 아이들이 억지로 떠맡겼기 때문이라고 핑계를 대지만, 그렇더라도 굳이 그것을 지니고 온 것은 그저 우연인 것만은 아닌 것으로 보입니다. 하지만 이 물건은 제대로 기능하지 못합니다. '나'의 동료는 억지로 '나'의 입 안에 넣어 주고 그래야 부드러워진다고 말합니다. 하지만, '나'는 결국 역겨움을 못이기고 토해 내지요.

이 단편을 보면 베트남 참전 경험은 당대 한국 남성이 가진 인종적·민족적 정체성에 일종의 타격을 가한 사건으로 보입니다. 그리고 이로 인해 한결같이 남성성 측면에서 열등감을 갖거나 위기 의식을 느낍니다. 이는 황석영의 다른 소설에서도 반복적으로 등장했던 주제이기도 한데요. 원래 있던 장소에서 쫓겨나 떠도는 인물의 위기감은 남성성의 상실로 나옵니다. 「장사의 꿈」이라는 단편이 대표적입니다. 「장사의 꿈」의 일봉이는 조상 대대로 힘이 좋은 장사 집안의 자제였으나, 도시로 떠밀리듯이 나와 여러 직업을 전전하다가 돈 많은 중년 여성들을 상대로 애인 노릇을 합니다. 그러다가 그는 발기부전이라는 위기를 겪죠. 도시를 떠도는 한 인물의 위기가 남성성의 위기로 찾아온다는 것이 특징적인데요. 이런 식의 위기가 베트남 전 참전을 소재로 한 「낙타누깔」에서도 등장하는 것입니다. 하지만 황석영은 이렇게 베트남 참전으로 훼손된 남성성의 위기를 보여 주면서도 그것을 단순히 회복할 수 있다는 낙관으로 가지 않습니다. 「낙타누깔」의 마지막 장면은 훼손된 것을 봉합하려는 것 역시 역겨운 것임을 상징적으로 보여 준다는 점에서 중요하다고 할 수 있습니다.

불공정 사회의 속물들 : 박완서

5강 - 불공정 사회의 속물들 : 박완서

1. 불공정 사회의 속물들

이번에는 박완서(1931~2011)의 단편소설들을 중심으로 1970
년대의 유례없는 부동산 투기 열풍을 들여다보고자 합니다.
1967년부터 강남 개발이 시작되면서 부동산 투기로 이득을
보는 사람들이 생기기 시작합니다. 서울의 과밀화를 막겠다
는 명목으로 한강 남쪽이 개발되기 시작했는데요. 이는 수
출로 벌어들인 여유 자금이 흘러가는 통로이기도 했습니다.
부동산 경기가 과열되기 시작하고, '아파트 분양 프리미엄',
'로열층', '복부인', '맨션 아파트' 등의 신조어들이 함께 등장
한 것이 바로 이때입니다. '프리미엄'이라는 단어가 처음 아

파트 시장에서 등장한 것은 1960년대 후반이지만, 1970년대 중후반 강남 개발이 본격화되고 아파트 건축이 늘어나면서 더욱 급증하였습니다.

박완서의 소설은 이런 세태를 비판적으로 바라보고 있습니다. 우선 박완서의 1970~80년대 소설들에 나타난 당대의 투기 열풍이 어땠는지 살펴보기로 하죠. 「낙토의 아이들」(1978)은 신시가지 '무릉(武陵)동'에 대한 이야기입니다. 이 무릉동은 여러 모로 강남을 연상시키는데요. 이 이야기의 '나'는 "결혼하고 삼 년 만에" 변두리에 "이십 년 연부(年賦)의 평민 아파트 한 채"^{박완서, 「낙토의 아이들」, 307쪽}를 마련했습니다. 그런데 '나'의 아내는 작은 평수의 아파트에 만족하지 않았고, 본격적으로 부동산 투기 열풍에 뛰어듭니다. 그녀는 변두리 개발 계획을 듣고 빚을 내서 택지를 사들였고, 예측대로 서울 구시가를 잇는 교량 공사가 진행되면서 큰돈을 벌게 됩니다.

이 단편의 제목이 '낙토(樂土)의 아이들'인데요. 여기서 말하는 '낙토'는 원래의 의미대로 순수한 이상향이라는 뜻만을 갖지 않습니다. 농작물이 잘 자라는 풍요로운 땅도 아닙니다. "땀 흘려 파는(掘) 사람의 것이" 아니라 "파는(賣) 사람의 것"이 된 땅, '나'의 아내와 같은 투기꾼들이 "직접 황금을 번식"박완서, 「낙토의 아이들」, 309쪽시키는 땅을 말합니다. 이런 세계에서 집은 사람이 거주하는 곳이 아니라, 돈을 불리는 수단입니다. 근대화와 함께 양옥집이 등장할 때만 해도 집에는 가족들이 함께 사는 공간이라는 의미가 어느 정도 남아 있었습니다. 장편 『도시의 흉년』(1975~1979년)에는 양옥집으로 남에게 취향을 전시하고 싶어 하는 졸부가 등장합니다. 남에게 보여 주려는 과시 욕구일지언정, 어쨌든 실물이 중요했던 건데요. 하지만 아파트라는 주거환경에서는 그런 과시보다는 얼마나 투자 가치가 있는지가 주요한 평가의 기준이 됩니다.

박완서는 이렇게 아파트 중심의 투기 열풍을 잘 그려 내고 있습니다. 「로열 박스」라는 단편에는 당대의 신조어이기도 한 '로오얄' 층 아파트에 대한 이야기가 나오는데요. 투자 가치에 따라 어떤 아파트를 '로오얄'이라고 부르기 시작한 세태를 생생히 보고하고 있습니다. 이미 이때부터 사람이 살기 좋은 아파트가 아니라, 앞으로 가격이 상승할 가능성이 있는 아파트를 구입하려고 하는 것이죠. 「로열 박스」라는 단편의 한 인물은 오르락 내리락 하기 좋으니까 고층이 아닌 저층을, 식구 없이 혼자 살림이라 작은 평수의 아파트를 골랐다는 말을 했다가 순진하다는 소리를 듣습니다.

이런 상황이니, 순진하게 돈을 모아서 내 집을 마련하겠다는 계획을 세웠다간 손해 보기 딱 좋은 상황이 벌어집니다. 「서글픈 순방」이라는 단편에서는 두 부부가 전셋집을 구하기 위해 여기저기 발품을 팝니다. 이미 웬만한 곳은 투기꾼들이 차지하고 있어서 평범한 월급쟁이들이 넘볼 수 없게 됐고, 그때만 해도 도심과는 거리가 있었던 변두리까지 진출을 하죠. 하지만 아이가 있다는 이유로 전셋집을 구하기가 힘듭니다. 결국 부부는 집 보러 가는 날만이라도 아이를 데리고 오지 말라는 충고를 듣고 아이 없는 신혼부부로 위장을 해서야 겨우 전셋집을 얻죠. 이 소설은 표면적으로 가난한 소시민 부부의 집 구하기의 어려움을 그린 것으로 보입니다.

그런데 새 집으로 이사를 한 후에도 남편은 친정에 맡긴 아이 데려오는 것을 계속 미룹니다. 주인집에 아이가 있다는 것을 이제야 밝히기 민망해서일 것입니다. 마침 아내는 둘째를 임신한 상태이기도 하고요. 소설의 마지막 장면에서 아내가 난데없이 입덧을 하면서 구역질을 하는데, 이는 매우 상징적입니다. 기껏 살 집을 구하고도 제 새끼를 데리고 들어가지 못하게 된 집, 그리고 이런 상황에서 별다른 궁리를 마련을 못하고 거짓말로 위기를 모면하려는 남편, 아내

입장에서는 그런 남편이 불쌍하기도 하고 밉기도 할 것입니다. 하지만 무엇보다도 제 집에서 한 식구가 살 수 없는 셋방살이의 설움이 클 것입니다. 그리고 이런 세상을 만든 세상에 미움이 한꺼번에 구역질로 폭발한 것은 아닐까요.

「서글픈 순방」에서 볼 수 있는 아내의 반응, 즉 구역질은 박완서의 소설에서 뻔뻔하고 염치없는 사람을 볼 때 자주 등장하는 것입니다. 박완서는 당대의 투기가 만연하던 세태를 단순히 묘사하는 것에 그치지 않고, 부끄러움을 모르고 염치없고 뻔뻔한 사람들에 대한 염오(厭惡)의 시선을 드러내고 있는 것입니다.

2. '부끄러움'을 위하여

'돈'과 '빽' 그리고 부끄러움

박완서의 「세모」(1971)에는 모처럼 백화점 쇼핑에 나선 부부가 등장합니다. 남편이 박봉의 공무원일 때만 해도 이들 부부는 백화점 쇼핑 같은 것을 즐길 여유가 없었습니다. 아침마다 돈 달라는 딸들의 성화에 괜히 울화통이 터지곤 했던 게 일상이었죠. 그런데 때마침 직장을 때려치우고 시작한 작은 식료품 가게가 주변 개발의 덕으로 번성하면서 모처럼 여유 있는 연말을 맞이하게 된 것입니다. 특히 아내는 늦둥이 막내아들의 담임 선생님을 만날 일에 설렙니다. 이제껏 딸을 키우면서는 한 번도 여유를 부려 본 적이 없지만, 이번 만큼은 당당히 담임 선생님에게 줄 뇌물 봉투("와이로")를 걷는 순간에 자신도 참여해야겠다는 생각으로 학교로 향합니다.

당시만 해도 교사에게 '봉투'를 주는 것이 당연한 것처럼 여겨졌습니다. 뭔가 일이 되게 하려면 웃돈이 필요하다는 생각은 사실 학교에서만 통용되는 것이 아니었지요. 한국 근대화의 역사는 다른 말로 하면 한몫 잡을 수 있는 기회에 대한 욕망의 역사이기도 했기 때문입니다. 그러다 보니, 초등학교 교실은 물론이고, 작게는 노동자가 취업하는 것부터 크게는 해외 수출을 하는 것까지 모두 연줄과 돈이 오가는 사회였던 것입니다. 특히 국내에서 취업이나 성공의 기회 자체가 적다 보니 이런 풍조가 심했죠. 뇌물이 실제로 효력이 있는가를 넘어서, 이런 생각이 팽배해 있다는 것이 중요합니다. 그만큼 세상이 공정한 것과 거리가 멀었기 때문입니다. 그리고 이 말은 '돈 없고 빽(연줄)' 없는 사람은 사회에서 보호받지 못했다는 뜻이기도 합니다. 사실 이는 1950년대 한국전쟁 시기부터 팽배해 있던 생각이기도 합니다.

대표적인 것이 병역에 관한 것으로, '돈 있고 빽 있는 놈들은 모두 (군대에서) 빠졌다'라는 피해의식이 팽배했습니다.

이런 세태를 배경으로 하는 「세모」는 불공정 사회의 속물들의 민낯과 그 민낯의 추레함을 함께 보여 주고 있습니다. 소설 속에서 '여자'는 밍크를 두른 여자들이 만든 성새(城塞)에 가로막혀 아들 담임 선생님 근처에도 가지 못하고서야, 자신이 하려고 했던 것이 "허세와 허위"^{박완서, 「세모」, 35쪽}에 가득 찬 것이라는 것을 깨닫습니다. 밍크 목도리를 두른 다른 여자들이 반성의 기회를 준 것이라고도 할 수 있겠습니다. 죽었지만 살아 있는 듯 요염함을 뽐내는 밍크 목도리처럼 거짓된 것에 더 이상 현혹되지 않겠다는 것이 그녀의 생각입니다. 허세와 허위에 현혹되지 않겠다는 것. 자식에게 거짓된 것을 가르치지 않겠다고 다짐하는 「세모」의 인물에게 아직은 '부끄러움'이 남아 있다고 할 수 있습니다. 이 '부끄러움'은 박완서의 소설에서 중요한 감정 중의 하나입니다. 부끄러움을 잃으면 모두 잃는 것이라 할 수 있을 정도로 핵심적입니다.

단편 「부끄러움을 가르칩니다」(1974)는 한 여성 인물을 통해 부끄러움 실종의 계보를 그립니다. 소설의 정황상 그녀는 1950년대 초 이십대였던 것으로 보이니까, 이제 사십대에 접어든 것 같습니다. 그녀는 여학교에 다닐 때만 해도 부끄러움이 많아서 별 대수롭지 않은 일에도 얼굴이 빨개지곤 하는 인물이었죠.

그런데, 그녀가 여학교를 마치기 전 한국전쟁이 터졌고, 그녀가 가진 '부끄러움'을 상실하게 되는 사건을 만나게 됩니다. 한국전쟁은 몇 년 동안 지속된 장기전이었습니다. 그러다 보니 전방에서 전투로 희생되는 사람도 문제였지만, 후방의 생활도 말이 아니었죠. 피난 생활이 오래 지속되면서 경제는 파탄에 이르렀고 그녀의 집안 사정도 예외는 아니었습니다. 특히나 식구 많은 집은 더했을 것입니다. 결국 참다 못한 어머니는 딸 앞에서 신세한탄을 하기 시작하는데, 전쟁 전이라면 결코 상상할 수 없었을 말이 어머니에게서 쏟아져 나옵니다. 딸 입장에서는 어머니가 오죽하면 저럴까 싶으면서도, 딸이 "양공주"가 되기를 바라는 어머니의 신세한탄에 적잖은 충격과 모욕을 느낍니다. 그리고 이 사건이 바로 그녀가 부끄러움을 상실하게 된 계기가 되지요. 그러니까 너무나 부끄러워서 부끄러움을 상실하게 된 역설적인 사태라고나 할까요.

그녀는 그날을 계기로 모든 부끄러움을 상실해 버렸다고 생각합니다. 그리고 이후 그녀는 극성인 어머니 성화에 못이겨 떠밀리듯 결혼을 했고, 어쩌다 보니 지금은 세번째 남편과의 결혼생활을 하는 중입니다. 그녀는 이제 오랜만에 만난 여학교 친구들에게 자신의 재혼 이력을 별일 아니라는 듯이 떠벌릴 만큼 태연해졌습니다. 그러니까 그녀는 '부끄러움' 같은 것을 느낄 수 없는 상태에 이른 것이죠. 애초에 그녀가 동창회에 나간 것도 친구들을 오랜만에 만난다는 순수한 동기보다는, 어떻게 해서든 남편 사업에 도움이 될 만한 '연줄'을 찾기 위한 것입니다.

이 단편에서 볼 수 있듯이 박완서의 소설에서 한국전쟁은 부끄러움이 상실되는 일종의 중요한 계기로 등장하고 있습니다. 한국전쟁으로 경제적 기반은 물론이고, 도덕적 기준 역시 상실된 것이죠. 앞서 손창섭의 1950년대 소설에서도 이를 확인할 수 있었습니다. 그리고 이후 1960~70년대의 한국경제는 전쟁의 복구와 경제 발전이라는 목표하에 경제적 가치가 최우선이 되는 사회 분위기가 만들어졌습니다. 전쟁으로 잃어버린 경제적 기반은 어느 정도 회복하고 복구를 하였는데, 역시 잃어버린 '부끄러움'에 대해서는 아무도 다시 찾으려 하지 않습니다. 전쟁 때야 당장 먹고살기 힘들어서 잠시 부끄러움을 잃고 아귀다툼을 했다지만, 어느 정도 먹고살 만해졌는 데도 더 먹고살겠다고 염치없이 행동하는 것이야말로 정말 부끄러운 게 아니겠냐는 것이죠. 이런 취지의 질문이 박완서의 소설에서는 등장인물의 목소리를 빌려 자주 등장합니다. 돈 버는 데 '부끄러움' 같은 게 필요하지 않는 이상, 과감하게 버리고 이익을 추구하는 것이 1970년대의 속물들의 모습이고 이런 사람들에 대해 염증을 느끼는 것이 박완서 소설의 주제입니다.

3. 상품의 위기와 투기하는 자본

1970년대의 위기

『휘청거리는 오후』는 박완서의 첫 신문연재 소설입니다. 1976년 1월부터 일 년 동안 동아일보에 실렸습니다. 이 소설에 대해 본격적으로 이야기하기 전에 소설이 연재된 1970년대 중반의 한국경제 상황이 어땠는지를 살펴볼 필요가 있습니다. 보통 1960년대부터 1970년대를 한국경제가 비약적으로 성장한 때라고 알고 있지요. 하지만, 사실 이 이십 년간 경제 지표가 쭉 성장 국면이었던 것만은 아니고, 또 성장 국면이라고 해도 산업 분야에 따라서나 개개인에 따라 명암이 있기 마련이었지요.

1970년대는 한국경제 성장률 둔화를 걱정하는 기사와

함께 시작되었습니다. "고성장하의 불황", "기업 증익률 저하"『매일경제』, 1971. 1. 1.라는 문구들을 당대의 신문에서 찾아볼 수 있습니다. 이러한 현상은 세계적인 경기 순환의 흐름과도 관계가 있습니다. 전후 미국경제가 자동차 등의 산업을 중심으로 성장을 하다가 이제 어느 정도 정점에 이르니 성장 가속세가 꺾이게 되었습니다. 그리고 중동 지역에서 원유 가격을 올리면서 석유파동(1972년)이 일어나죠. 석유파동의 영향으로 원자재 가격이 상승하게 되자, 자연히 생산이 둔화되고 전 세계적으로 경기가 나빠지게 됩니다. 수출 위주의 경제 구조를 가진 한국도 역시 이 불황의 여파를 비껴갈 수는 없었겠지요. 특히 1960년대 중반 호황에 고무되어 무리하게 사업을 확장했던 기업은 이 침체 국면에 어려움을 느끼기 시작합니다. 규모는 키워 났는데, 그만큼 수익이 들어오지 않으면 자연히 기업은 어렵겠지요. "은행 돈 빌려서 사업하던 시대는 지났다"『동아일보』, 1976. 1. 14.라는 기사에서도 볼 수 있듯이, 무분별한 확장 정책이 통하지 않는 시대가 왔다는 이야기이기도 하고요.

이렇게 세계경제가 불확실성 속에 있고, 한국경제 역시 예외가 아니었던 때가 바로 1970년대 중반입니다. 바로 이런 시기에 박완서는 가내공업사를 경영하는 허성이라는 중

년 남성을 주인공으로 내세운 신문 연재소설을 발표했습니다. 이 소설 속 인물이 가내공업을 하는 중년 남성이라는 점은 흥미롭습니다. 가내공업 경영자 허성 씨는 전기기기를 생산해서 청계천 등지에 납품하는 업자입니다. 이 사람은 원래 교사 출신으로 교감까지 지냈지만, 교사 봉급보다는 공장 경영자가 수익 면에서 낫겠단 생각에 사업을 시작한 인물입니다. 허성 씨는 처음 공장을 시작했을 때보다 봉급도 늘었고, 양옥집까지 마련했겠다, 이제 세 딸도 대학 교육까지 시켰으니 자식들 결혼해서 가정 꾸리는 것만 보면 되겠다 생각하고 내심 기대를 합니다. 그런데 그가 생각했던 대로 일이 풀리지 않습니다. 그가 경영하는 공장은 자금난에 시달리고 딸들은 결혼 자금이 부족하다면서 돈 달라고 아우성이죠. 결국 허성 씨는 공장장으로서도 가부장으로서도 실패하고 자살하는 것으로 이야기가 마무리 됩니다.

이 이야기의 비극적 결말은 허성 씨라는 중년 남성 개인의 무능력 때문이라거나 그가 운이 나빠서 생긴 일이라고 치부하고 넘어갈 수 없을 것 같습니다. 굉장히 구조적인 문제 속에서 벌어지는 일을 그려 내고 있다고 할 수 있기 때문인데요. 우선 작은 규모의 가내공업 사장이 이야기의 주인공으로 등장했다는 것에 주목할 필요가 있습니다. 왜 하필

공업사 사장이었을까. 이는 작가의 개인적인 배경과도 관계가 있는 대목으로, 작가의 남편이 청계천에서 일종의 가내공업을 했고, 그랬기 때문에 사정을 잘 알아서였을 수 있습니다. 하지만 가내공업은 당대의 경제적 분위기를 바라볼 수 있는 바로미터이기도 했습니다. 잘 나가던 수출기업은 성장을 구가하는 것 같았지만, 작은 규모의 가내공업사의 사정은 당대 한국경제 상황을 더 여실하게 보여 주고 있었던 것입니다.

공황의 순간에 가시화되는 비대칭성

소설 속의 가내공업의 위기는 화폐와 상품 사이의 비대칭성과 무관하지 않습니다. 허성 씨는 신일공업사에서 전기기기를 생산합니다. 그리고 국내 업체에 물건을 납품하지요. 그런데, 이렇게 물건을 납품하고도 제대로 현금을 만지지 못합니다. 거래를 주로 어음으로 하거나 외상으로 하는 게 일반적이었으니까요. 하지만 단순히 불공정 거래라는 점으로 허성 씨의 상황을 모두 설명할 수는 없습니다. 그보다 근본적으로 화폐와 상품 사이의 비대칭성을 보여 준다는 점에 주목하고 싶습니다.

자본주의에서 가치의 생산은 물건을 생산하고 교환하

는 과정에서 나옵니다. 그리고 상품과 화폐의 교환은 등가교환이라고 가정됩니다. 하지만 이런 등가교환은 실현되지 않습니다. 화폐와 상품의 가치 형태가 다르기 때문입니다. 화폐는 어떤 상품이든 원하는 물건으로 교환될 수 있죠. 하지만 상품은 그것 자체로 원하는 물건을 교환하는 데 사용할 수 없습니다. 그러니까 상품을 가진 쪽은 '전지전능한' 힘을 가진 화폐를 빨리 얻고 싶습니다. 그러다 보니 화폐를 가진 쪽이 상대적으로 더 여유가 있고, 관계는 비대칭적이 될 수밖에 없습니다. 이렇게 우리가 공평한 교환이 이루어지는 체제라고 믿고 있는 자본주의는 비대칭성을 기초로 하고 있는데요. 바로 이런 비대칭적 교환 과정을 잘 보여 주고 있는 것이 박완서의 장편『휘청거리는 오후』입니다.

다시 가내공업을 운영하는 허성 씨 이야기로 돌아와 보죠. 언제 어떻게 현금화될지 알 수 없는 상품을 만들어 내는 그는 자본주의적 교환 관계에서 불리한 쪽에 서 있습니다. 신일공업사의 상품이 화폐로 교환되어야 허성 씨가 다시 원자재를 사고, 공장을 굴릴 수 있을 것입니다. 화폐로 교환되기 전의 상품은 그 가치를 장담할 수 없죠. 팔리기 전에 상품이 망가지면, 혹은 그보다 더 좋은 상품이 나오면 그 상품은 영영 화폐로 교환될 수 없습니다.

이러한 상황을 일본의 사상가 가라타니 고진(柄谷行人)은 다음과 같이 말합니다. "화폐를 가진 자는 언제든 그것으로 상품을 사도 좋지만 상품을 가진 자는 빨리 팔지 않으면 그것의 가치가 떨어진다. 그렇기 때문에 화폐를 갖는 것이 압도적으로 우위"가라타니 고진, 『트랜스크리틱』, 이신철 옮김, 도서출판 b, 341쪽 가 된다는 것이죠. 사실 고진이 상품과 화폐 사이의 비대칭을 말할 때 염두에 두는 것은 지금 우리가 말하는 공산품이 아니라, 노동력 상품입니다. 노동력 상품이야말로 화폐로 교환될 때 비대칭일 수밖에 없는 불리한 상품 중의 하나이기 때문입니다. 하지만 허성 씨 역시 가지고 있는 상품을 화폐로 교환하지 않으면 안 되는 절박한 상황에 있다는 점에서 노동력 상품만을 가지고 있는 처지와 유사하다고 할 수 있죠.

그런데 호황일 때에는 이런 비대칭성이 잘 드러나지 않습니다. 상품이 잘 팔리고 교환이 순조로울 때는 상품이 화폐로 교환되는 과정이 원활하기 때문에, 상품에 가치가 이미 내재해 있는 것 같고, 화폐는 단순히 상품의 가치를 매개하는 역할만 하는 것 같습니다. 바로 이러한 믿음이 '상품 물신'이죠. 하지만 '공황'의 순간이 오면, 상품과 화폐 사이의 비대칭성이 가시화됩니다. 그리고 그런 순간은 반드시 오게 되어 있고요. 상품이 화폐로 교환되지 않고, 창고에 쌓이는 순간이죠.

『휘청거리는 오후』의 가내공업 위기 서사가 특별한 것은 바로 이러한 공황의 관점에서 자본주의를 바라보고 있기 때문입니다. 자본주의는 기본적으로 신용 거래입니다. 당장 현금으로 지불하지 않아도, 최종 결제일에 현금으로 지불이 될 것이라 상호간에 약속이 되어 있죠. 하지만, 이것이 깨지는 순간이 있습니다. 최종 결제일이 돌아왔는데, 신용을 지킬 수 없는 순간, 그 결제일을 지킬 수 없는 순간이 올 수 있죠. 그렇게 되면 파산이고, 자본주의에 공황이 오는 순간입니다. 이 순간이 되기 전까지, 최종 결제일을 미룰 수 있을 때까지는 별 문제가 없고요.

이를테면 허성 씨는 현금을 받는 대신에 어음을 받았지요. 만약 어음을 준 쪽이 도산을 하면 그 어음은 휴지조각이 되겠죠. 반대로, 허성 씨가 최종 결제일이 되면 갚으리라고 가정하고 어음을 발행했는데, 그가 그 결제일에 그 돈을 은행에 지불하지 못한다면 역시 파산하겠죠. 이 소설에서 허성 씨는 나중에 공사 대금을 받을 것을 생각하고 미리 돈을 당겨서 딸들 혼수 자금으로 씁니다. 하지만 부실 공사를 한 것이 드러나면서, 공사비를 반납하거나 공사를 새로 해야 하는 상황에 처하게 됩니다. 하지만 이미 신용이 바닥나 버린 허성 씨는 이 위기에 대처하지 못하고 자살에 이르게 되는 거죠.

투기하는 자본

소설이 연재된 1970년대 중반은 원자재 가격 폭등과 품귀 현상이 있었던 시기이기도 합니다. 원자재 수급 불안정은 해외 의존도가 높은 한국 기업에 직접적인 타격이 될 수밖에 없는 상황이었지요. 정부에서는 "해외 의존이 불가피한 원자재는 최소한 3~6개월분을 적기비축"하라는 권장 사항을 내놓기까지 합니다. 하지만 허성 씨처럼 원자재 값을 미리 지불할 여유가 없는 경우에는 원자재 위기에 대처하기가 쉽지 않겠지요. 당시에 정부는 내수기업의 자금난을 해소하고자 중소기업 자금 융자를 추진했지만, 실제로 "융자 목표 실적"에 미치지 못하는 등 소기의 목적을 달성하지는 못합니다. 이렇게 된 것은 융자를 받기 위해서는 제출해야 할 서류도 많았고 담보를 요구하는 등 현실적으로 실효성이 적은 정책이었기 때문이기도 했습니다. 그마저도 1976년 후반에는 높은 인플레이션을 이유로 아예 중단해 버립니다. 그러니까 허성 씨처럼 형편이 어려운 가내공업 사장은 사채에

손을 벌릴 수밖에 없는 상황이었죠. 이렇게 시중에 자금이 돌지 않고 원자재 가격이 인상되는 등 경기에 불확실성의 요소가 많아질 때, 자본의 투기적 요소가 강해집니다. 상품을 생산해서 자본을 축적하는 산업에 어려움이 따르니, 자연히 '이자 낳는 자본'에 대한 유혹이 강해질 수밖에 없겠죠. 자금 융통이 가능한 기업의 경우에는 원자재 가격의 변동을 이용해 사재기로 이익을 얻기도 합니다.

　이런 투기의 욕망들은 박완서의 장편소설『오만과 몽상』에서도 잘 드러납니다. 이 소설에서도 원자재 가격 변동이 공장 운영에 큰 변수로 작용하는 현실을 확인할 수 있습니다.『오만과 몽상』의 공장주인 나 사장은 표면적으로는 천막을 생산해서 판매하는 공장 경영자입니다. 하지만 그가 주력하는 것은 천막을 생산해서 돈을 버는 것보다는 원자재를 사재기했다가 시세차익을 얻어 이익을 보는 일입니다. 나 사장 밑에서 영업사원으로 일하는 남상이 역시 비슷한 길을 걷습니다. 영업사원인 남상이가 관심이 있는 것은 거래처를 새로 만들고 상품을 납품하는 영업 일이 아니죠. 대신 그는 사장이 발행한 어음을 할인해 주는 돈 장사에 몰두합니다.

　이는 산업자본이 겉으로는 G–W–G'의 방식, 즉 자본(G)

을 투자해서 상품(W)을 생산하고, 그것을 팔아서 '자본+이윤'(G')을 얻는 것을 목표로 하는 것 같지만, 사실 '이자 낳는 자본(G-G')', 상품생산 과정을 건너 뛴 자본의 증식에 대한 유혹가라타니 고진, 『트랜스크리틱』, 289쪽에 강하게 끌리고 있다는 것을 상징적으로 보여 주는 장면입니다. 상품(W)을 팔아서 자본을 증식하고, 다시 그것을 투자하여 상품을 생산하는 식으로 돈을 버는 것은 꽤 번거로운 일입니다. 왜냐하면 앞서 허성 씨의 경우에서도 볼 수 있듯이, 상품이 안 팔릴 수도 있고, 예상했던 것보다 싸게 팔릴 수도 있기 때문입니다. 이렇게 상품을 팔아서 돈을 버는 것은 마르크스의 말대로 "목숨을 건 도약"입니다. 그러니까 1970년대, 열심히 생산해서 수출을 늘리는 산업역군을 칭송하면서도, 돈 놓고 돈 먹는 자본의 투기적 성격은 만연하고 있었던 것이죠. 박완서의 작품들은 바로 이런 지점에 주목하면서, 이 와중에 무너지고 있는 이들을 그려 내고 있습니다.

육체 노동에서 신용으로

『휘청거리는 오후』에 등장하는 가내공업의 위기는 산업화의 어두운 면을 보여 준다는 점에서도 역시 중요합니다. 이 소설이 연재된 1976년 『동아일보』를 살펴보면 '산업역군'을 칭송하는 기사들이 매우 자주 빈번하게 등장합니다. 정부 주도의 산업화가 시작되면서 산업 노동자, 그리고 중동 진출 노동자 등에 대하여 '산업역군' 등의 용어를 써가면서 칭송하는 사회적 분위기를 만들고자 했던 거죠. 하지만 현실에서 노동자들은 그런 '영예로운' 취급을 받지 못했지요. 그 괴리의 지점이 허성 씨의 처지에서 잘 드러납니다.

소설의 주인공인 허성 씨는 공장에서 기계를 돌리다가 손가락 몇 개를 잃습니다. 그런데 이 다친 손은 부끄러운 것으로 여겨지죠. 허성 씨가 처음 다쳤을 때만 해도 그의 아내 민 여사는 가족을 위해 희생한 거라며 위로를 하죠. 하지만 얼마 지나지 않아 불구의 손이 "영락없이 직공 출신"박완서,「휘청거리는 오후」1권, 18쪽을 드러낸다면서 불평하고, 큰딸 맞선에 나가서는 절대 손을 내보이지 말라고 신신당부를 하기도 하죠. 이렇게 작가는 '불구 손'으로 상징되는 노동에 대한 사회적 천대를 그려 내고 있습니다.

그런데 노동에 대한 이런 천대는 다른 한편으로 노동을 통한 실질적인 '생산'보다 '신용'이 더 중요해진 시대의 모습과도 관계가 있습니다. 노동의 흔적을 간직하고 있는 허성 씨와 달리, 신용으로 자금을 끌어오는 데 성공한 이들은 말끔한 경영자의 모습으로 등장합니다. 처음에는 허성 씨와 비슷한 처지로 시작을 했지만, 그들의 회사는 승승장구하죠. 얼마나 생산하느냐 보다 어떻게 자본을 유치하느냐가 더 중요해진 것입니다. 이 이야기에서 허성 씨가 돈을 빌리는 유 영감의 사업체가 바로 그러한 경로를 밟습니다. 유 영감의 공장은 전근대적인 경영방식을 탈피하고 유일기업으로 발전합니다. 유 영감 역시 허성 씨처럼 한때 직접 기계를 돌렸고, 손이 불구가 되는 사고를 겪었다는 공통점이 있습니다. 하지만 유 영감의 아들은 순자본 1억인 회사에 3억의 융자를 끌어와 회사를 확장합니다. 이 과정에서 유 영감 역시 무모한 도전은 아닐지 반신반의하지만, 결국 이러한 도박은 성공을 했고, 허성 씨의 공장이 무너지는 것과 달리 유일기업은 살아남게 된 것입니다.

허성 씨의 큰 딸은 또 다른 회사인 우주상사 사장의 아들과 결혼하기를 원하는데요. 이 결혼상대는 자기 집안의 회사에 다니지 않고, 종합상사인 오성물산에 취직을 해서 다니고 있습니다. 오성물산은 계열사를 여러 개 거느렸을 뿐 아니라 해외 지사도 있는 큰 기업입니다. 실제로 큰 기업 위주로 재편되는 현상이 1970년대 중반부터 가속화되었는데요. 한국에 종합무역상사 제도가 도입된 것도 바로 이때입니다. 종합무역상사 제도는 "수출실적 5천만 달러, 수출

품목 수 7개 이상, 수출대상국 10개국"_{신장철, 「한국의 수출드라이버 정}

^{책과 종합상사제도 도입에 관한 연구」, 『유라시아 연구』 12.3, 2005, 103쪽} 등의 조건

을 채운 기업을 선발하고, 금융권 융자 혜택을 비롯하여 여

러 지원과 보호 속에서 무역을 할 수 있게 지원해 주는 제도

였습니다. 그러니까 가만히 있으면 아버지 회사를 물려받을

수도 있는 젊은이가 일부러 입사시험까지 쳐가면서 여러 계

열사를 거느린 오성물산이라는 수출기업에 들어간 것입니

다. 이러한 이야기는 그만큼 당대의 기업구조가 대기업 위

주로, 수출기업 위주로 재편되고 있음을 반영하기 위한 것

이라 할 수 있습니다.

  이번 강의에서는 박완서의 작품들 중에서도 특히 중산

층의 속물성이 드러나는 작품들을 중심으로 다루었습니다.

박완서의 소설들은 한국전쟁과 도시화 산업화를 겪은 한국

사회에서 어떻게 불공정이 만연하고 화폐에 대한 욕망이 노

골적이 되어 가는지를 적나라하게 보여 주고 있지요. 다음

강의에서는 역시 박완서의 작품들을 중심으로 한국사회가

어떻게 과거의 비극과 거기서 생겨난 부끄러움을 잊고 속물

성의 세계로 진입했는지를 '이산가족찾기'라는 주제를 중심

으로 살펴보도록 하겠습니다.

전쟁의 망각과 재현 : 박완서

6강 - 전쟁의 망각과 재현 : 박완서

1. 이십년 만에 털어놓은 전쟁의 경험

한국사회의 변화와 박완서

박완서는 1970년 여성동아 장편소설 공모에 『나목』(裸木)으로 당선되어 데뷔했습니다. 마흔의 나이에 등단을 한 건데요. 여학교 시절부터 문학에 관심이 많았고, 독서가였다고 하지만, 특별히 소설 창작 수업을 받거나 습작기를 길게 가진 편은 아니라고 합니다. 하지만 등단 이후로는 정말 쉬지 않고 누구보다도 많은 작품을 꾸준히 썼기 때문에 작품을 많이 남겼습니다. 장편소설 전집만 해도 이십여 권이 넘고 단편소설 전집도 일곱 권이나 됩니다. 작가의 소설, 산문, 동화 등에 실린 서문만을 모아서 책 한 권박완서, 『프롤로그 에필로그 박완서의 모든 책』, 작가정신, 2020을 만들 수 있을 정도니까요. 이렇게 긴 시간 꾸준하게 작품 활동을 하고 또 많은 독자를 가진 작가가 전 세계적으로도 많지는 않습니다.

이 강의에서는 여러 소설가의 작품으로 한국사회의 변화를 읽고 있는데요. 사실 박완서의 장편소설만 다 읽어도 한국전쟁 이후 한국사회가 어떻게 변했는지 대략 큰 그림을 그릴 수 있을 정도입니다. 전쟁 이후 한국사회의 모습은 어땠는지, 산업화 시기를 거치면서 경제적으로 어떤 변화가 있었는지, 한국 중산층이 어떤 식으로 형성되었는지를 작품 속에서 잘 그려 내고 있기 때문입니다. 이는 작가 자신이 1953년에 결혼해서 네 아이의 어머니로 살림을 꾸린 생활인이기도 했던 것과도 관계가 있을 것입니다.

박완서는 1931년 개성 출신이지만, 교육열이 높은 어머니의 영향으로 초등학교 진학과 함께 서울살이를 시작합니다. 그런데 그녀가 여학교를 마치고 대학 입학을 앞두고 있던 1950년 한국전쟁이 발발하고 집안에 큰 변화가 생깁니다. 일찍 돌아가신 아버지 대신에 의지가 되었던 오빠와 숙부가 전쟁으로 희생됩니다. 이 비극은 후에 박완서의 여러 소설에서 반복해서 등장하게 되지요. 이때가 박완서가 스무 살 때의 일입니다. 불과 몇 달 전만 해도 여대생이 된다는 기대에 부풀었는데, 이제 전쟁으로 대학은 휴교하고, 집안의 유일한 남자 식구인 오빠를 잃고, 이제는 어머니, 올케, 그리고 조카의 생계를 책임지지 않으면 안 되는 상황이 된 것이죠. 이런 사정으로 그녀는 생계를 위해 아직 휴전 협정도 진행되기 전 어지러운 서울 한복판의 미군 부대 PX 매장에서 근무하게 되었다고 합니다.

『나목』에는 미군 부대 PX의 초상화부 화가로 옥희도라는 인물이 등장하는데요. 바로 이 인물의 모델이 박완서가 PX에서 일할 때 만난 박수근 화백이라고 하죠. 그녀가 PX에서 일을 했던 기간은 일 년이 안 되는 짧은 기간이었다고 합니다. 그리고 곧 결혼을 해서 약 이십여 년 동안 가정주부로 살았고요. 그리고 이십여 년의 세월이 흘러서야, 그녀의 인생을 송두리째 바꾼, 어지럽고 혼란스러웠던 1950년대 초의 경험에 대해 말하기 시작한 것입니다. 그것이 바로 데뷔작인 『나목』이었고요. 한국전쟁은 박완서 개인에게도 그렇지만, 한국사회 전체를 두고 봐도 엄청난 경험일 수밖에 없습니다. 많은 사람들의 운명이 바뀌었고, 경제사적으로나 사회사적으로나 엄청난 변화가 있었습니다. 한국전쟁을 이야기하는 박완서의 소설은 한국전쟁이라는 야만적 사건 이후 한국사회는 어떻게 변화했는가에 대한 이야기이기도 합니다.

애도도 반성도 없이

「부처님 근처」(1973)라는 단편은 전쟁으로 인한 비극을 다룬 박완서의 많은 작품 중 하나입니다. 이 이야기의 '나'는 친정 어머니를 모시고 아버지 제사를 지내러 왔습니다. 이들 두 모녀에게 이 제사는 조금 특별한 의미가 있습니다. 약 이십 여 년 전 전쟁으로 아버지와 오빠가 죽었지만, 그동안 제대로 기일을 챙기지 못하다가 이제야 절에서 제사를 지내게 된 것입니다. 이들 두 모녀는 그동안 두 남자 식구의 죽음 자체에 대해 함구하고 전쟁으로 행방불명이 된 것으로 해왔습니다. 해방 후 좌익 세력과 어울렸던 오빠가 평소 함께 어울려 지내던 같은 좌익 "동무"의 총에 죽었기 때문입니다. 오빠의 죽음 자체만으로도 끔찍한데, 이 죽음의 경위 자체가 당시로서는 '떳떳한' 것이 아니었기에, 식구들은 이 죽음을 어디에도 말하지 않습니다. 식구가 좌익과 연결되어 목숨을 잃었다고 하면 남은 식구들도 위험해질 수 있는 시대였으니까요.

소설 속 오빠의 죽음은 정말 너무나 갑작스러운 것이었

습니다. 집에 있다가 친구의 총에 희생되었으니까요. 또한 오빠의 죽음의 충격이 가시기도 전에 아버지까지 어이없게 희생되었습니다. 그러니까 너무나 억울한 죽음인데도, 누구의 탓을 할 수도 없는 것은 물론이고 제대로 슬퍼할 수조차 없는 상황인 거죠. 소설 속 모녀는 이렇게 이십여 년 동안 묻어 두었던 죽음에 대해 이제야 제사를 지내러 가는 길인 것입니다.

이는 한국전쟁이 좌우익의 이념 대립의 양상을 띤 데다가, 비교적 긴 시간 지속되었고, 전선이 워낙 엎치락뒤치락하면서 생긴 비극입니다. 한 쪽이 세력을 잡을 때마다 보복이 잇따랐고 수많은 희생이 있었습니다. 특히 서울의 경우 피난을 미처 못 간 사람들은 부역자로 몰려 고통을 당하는 경우가 많았습니다. 박완서 역시 피난을 가지 못하고 서울에 남은 쪽이었습니다. 이십대 초반의 박완서는 서울에서 피난 생활을 하면서 이렇게 전선이 바뀔 때마다 다수의 민간인들이 희생되었던 것을 목격했지요. 그러한 경험이 『목마른 계절』 등 다수의 작품에 남아 있습니다. 또한 잘 알려져 있듯이 박완서의 오빠와 숙부 역시 1950년대 초반 한국전쟁으로 희생되었습니다. 작가가 다른 에세이나 인터뷰 등에서 이 시기에 희생된 오빠와 숙부에 대해 여러 번 언급하는데요. 이 죽음들 역시 「부처님 근처」 속 죽음들과 마찬가지로 제대로 애도되지 못한 죽음이었습니다. 이렇게 애도되지 못한 죽음이 박완서의 작품에서는 여러 번 반복해서 등장합니다.

「부처님 근처」에서 죽음은 이십여 년의 고통 후에야 겨우 말할 수 있는 것이 됩니다. 식구들이 억울하게 죽었다는 이야기를 꺼낼 수 있는 시대는 된 것이죠. 하지만 이제 전쟁이 사람들 사이에서 잊혀진 것만 같습니다. 전쟁을 목격하고 경험했던 사람들이 아무 일도 없었다는 듯이 먹고살 궁리를 하느라 바쁘다는 사실에 소설 속 '나'는 놀랍니다. 이런 놀라움은 바로 박완서 자신의 놀라움이기도 했습니다. 소설 속 여성 인물은 전쟁을 망각하고 돈벌이에 혈안이 된 사람들이 자기의 이야기, 그러니까 식구들이 억울하게 죽은 이야기를 듣게 하려고 글을 쓴다고 합니다. 이는 정확히 박완서 자신이 글을 쓰는 이유이기도 합니다.

2. 이산가족 상봉 드라마가 놓친 것

컬러 텔레비전과 이산가족찾기

박완서의 단편 「그의 외롭고 쓸쓸한 밤」에는 광고 회사 카피

라이터가 등장합니다. 이 단편은 소비사회로 접어든 1980년대의 한 단면을 보여 줍니다. 혼분식을 강요하고 절약과 절제를 미덕으로 말하던 1970년대를 지나 이제 소비가 장려되고 미덕이 되는 사회가 시작된 것입니다. 컬러 텔레비전의 보급도 이러한 흐름에서 빼놓을 수 없는 변화 중의 하나입니다. 단편 「그의 외롭고 쓸쓸한 밤」에서 광고 카피라이터가 화장품 카피 문구를 고민하는 장면이 그려지는 것도 이러한 세태와 관련이 있습니다. 자연히 화장품 업계가 텔레비전 광고 덕을 보면서 크게 성장한 시대죠.

컬러 텔레비전의 보급으로 화제가 된 것은 화장품 광고뿐만이 아니었습니다. 1983년 이산가족찾기 방송 역시 같은 맥락에서 살펴볼 수 있습니다. '이산가족'은 소비사회의 한복판에서 전후 30년 만에 멜로 드라마의 형식을 빌려 재소환되었습니다. 그전에도 이산가족찾기 캠페인이 없었던 것은 아니었습니다. 신문 매체를 통해 이산가족을 찾는 광고가 실렸으나, 종이 매체였던 한계도 있었고 파급력이 크지는 않았는데요. 하지만 KBS 방송을 통해 실시간으로 가족이 상봉하는 장면을 안방에서 볼 수 있게 되면서 크게 히트를 하게 됩니다. 1980년대의 이산가족 상봉 드라마가 성공할 수 있었던 것은 많은 시청자들이 자신들이 겪은 고생과 설움을 떠올리고 브라운관의 인물들에 스스로 동일시할 수 있었기 때문이라 생각됩니다.

1980년대는 이산가족찾기 방송만이 아니라, 이산가족을 소재로 한 소설, 영화 등이 활발하게 생산된 때이기도 했습니다. 임권택 감독의 영화 「길소뜸」(1986)이 대표적인데요. 국내에서도 흥행하였을 뿐 아니라 해외 영화제에서 수상을 하면서 화제를 모았습니다. "이산가족이 냉전체제의 산물"이라고 비판하는 극중 인물의 대사가 인상적인 영화이기도 합니다. 이외에도 분단을 소재로 한 소설을 각색한 영화도 활발하게 제작되었는데요. 이제하의 「나그네는 길에서도 쉬지 않는다」의 영화화(이장호 감독, 1987)가 대표적입니다.

박완서의 단편소설 「재이산」(1984), 「비애의 장」(1986), 그리고 장편 『그해 겨울은 따뜻했네』(1982/1983)도 역시 이산가족을 소재로 합니다. 그런데, 박완서의 소설은 당대 이산가족 상봉 장면에 몰입하는 관객이 아니라, 비판적으로 거리를 두고 보는 입장에 가깝습니다. 멀쩡한 가족을 이산(離散)하게 만든 전쟁, 권력자, 그리고 그 전쟁의 극복 과정에서 소외된 이웃들이 여전히 있는데, 어떻게 그런 고통들이 멜로의 형식으로만 재현될 수 있냐는 것이 박완서 소설이 던지는 질문입니다.

이런 시각을 보여 주는 대표적인 작품으로 단편 「비애의 장」이 있습니다. 이 작품 속 인물은 이산가족 방송을 보면서 "눈물 대신 열화 같은 분노"^{박완서, 「비애의 장」, 383쪽}를 느낍니다. 전쟁 때문에 내 어머니가 가족을 잃었고 그로 인해 얻은 고통이 말도 못하게 큰데, 이제는 그로 인한 "비통한 얼굴"이 방송으로 전시되기까지 해야 하냐는 것이죠.

「재이산」이나 「비애의 장」의 인물들이 이 전국적인 감동의 행렬에 동참하지 못하고, 심지어 분노하는 것에는 이유가 있습니다. 앞서 이야기했듯이 전쟁에 희생된 사람들은 제대로 애도를 받지도 못했고, 누구도 그 죽음에 대해 책임을 지지도 않은 현실 때문입니다. 단편 「부처님 근처」의 '나'가 경험했듯이 돈벌이에 열중하느라 전쟁 같은 것은 까맣게 잊어버린 게 보통 사람들의 모습이었던 거죠. 그런데 이산가족 방송이 전파를 탔던 것입니다. 전쟁에 희생된 사람들이 다시 한번 전쟁으로 인한 갈등을 봉합하는 데 이용되는 것만 같아 희생의 당사자들은 마냥 감동할 수만은 없었던 거죠.

상봉을 가로 막은 장애물, 경제적 격차

박완서의 소설들이 이산가족과 관련해서 말하고 있는 또 하나의 주제는 바로 경제적 격차의 문제였습니다. '조국 근대화'라는 구호 아래 달려오면서 한국경제는 어느 정도 성장하였습니다. 모두가 빈민이었던 한국전쟁 직후를 지나, 보릿고개를 넘어, 컬러 텔레비전 시대에 이르렀다고 할 수 있습니다. 이는 곧 전후에 비하여 한국경제가 비약적으로 성장을 했다는 것을 의미하는 동시에 그만큼 사람들 사이의 경제적 격차가 커졌다는 뜻이기도 하죠. 박완서의 소설들은 이런 경제적·문화적 격차로 인해 벌어지는 가족상봉 드라마의 불편한 진실들을 다루고 있습니다.

박완서의 단편 「재이산」은 바로 이산가족찾기 방송이 화제가 되면서 가족을 찾은 몽동필이라는 남자를 중심으로 한 이야기입니다. 몽동필 씨가 사는 시장통에서도 이산가족찾기 방송의 열기는 대단했습니다. 시장통 사람들은 평소에는 흑백 텔레비전으로 방송을 보지만, 이산가족찾기 방송만은 꼭 동네에서 유일하게 컬러 텔레비전을 가지고 있는 주인 영감 댁에 모여 시청합니다. 경제적으로 쪼들리고 그런 탓에 못 배웠고 교양도 부족한 이웃들이지만, 이산가족찾기 방송이 나오는 순간에는 모두들 한 마음으로 눈물을 흘리고 아픔에 공감하죠. 당시의 이산가족찾기 방송은 소설 속 묘사처럼 많은 시청자들을 웃고 울리는 히트작이었습니다.

하지만 박완서의 단편에서 이산가족 상봉은 브라운관에서처럼 원활하게 이루어지지 않습니다. 「재이산」이라는 제목이 암시하듯, 이 단편에서 이산가족의 상봉은 미루어집니다. 물론 겉으로는 서로의 생사를 확인했으니 '상봉'이라고 할 수 있겠지요. 하지만, 몽동필 씨가 기대했던 방식의 상봉은 이루어지지 않고, 서로에게 좁힐 수 없는 차이가 있다는 사실만을 확인하게 됩니다. 결국 이들 가족은 또 다시 흩어집니다. 한 번은 전쟁 때문이었다면, 두번째 이산(離散)은 전후에 달라진 경제적·문화적 격차 때문입니다. 「재이산」의 몽동필 씨는 자신이 낸 이산가족찾기 광고를 보고, 연락해 온 작은 아버지를 만납니다. 평소 몽동필 씨는 언젠가는 자기도 전쟁 때 헤어진 가족을 다시 만날 것이라 기대해 왔습니다. 하지만 다시 만난 가족은 그의 기대와 달랐습니다. 혈연끼리의 끈끈함을 기대했으나, 삼십 년 동안의 세월이 지나면서 양쪽에는 쉽게 넘을 수 없는 격차가 생겼습니다. 경제적으로도 그렇고, 문화적 격차도 있습니다. 고아원에서 자랐고 혼자 힘으로 살아온 몽동필 씨가 시장에서 간이로 옷 수선을 해서 먹고 사는 반면, 작은 아버지 일가는 제1한강교 건너 강남의 고층 아파트에 살고 있습니다. 경제적으로 여유 있는 쪽은 그렇지 못한 쪽을 평가하고 깎아내리고 결국 양쪽은 서로 화합하지 못합니다. 작은 아버지 일가로부터 망신을 당하고 쫓겨나다시피 한 몽동필 씨는 석양을 받은 아파트 앞에서 분노를 삭여야 했습니다.

3. 전쟁을 묻어 둔 채로

『그해 겨울은 따뜻했네』 역시 이산가족의 문제를 다루고 있는 장편소설입니다. 1982년에 『한국일보』에 연재된 작품인데요. 이때는 아직 이산가족찾기 방송이 방영되기 전입니다. 연재가 끝나고 단행본이 출간된 이듬해에 전국적으로 이산가족찾기 열풍이 불었고요. 이렇게 단행본이 나올 때의 사회적 분위기로 인해 단행본 소설의 결말이 해피엔딩(1983년 초판 작가 후기 참고)이었으면 좋겠다는 의견이 작가에게 많이 전달이 됐다고 합니다. 이런 의견이 나온 것은 이산가족이었던 두 자매가 끝내 눈물의 상봉을 하지 못하고 한 사람의 죽음으로 이야기가 맺어지기 때문입니다. 자매(수지와 오목이)는 1.4후퇴 때 헤어졌습니다. 그리고 성인이 되어 몇 번이나 재회할 기회가 있었지만, 계속 엇갈리게 됩니다. 이 소설은 영화로도 만들어졌습니다. 영화의 주인공은 당시 인기 배우였던 유지인, 이미숙, 안성기였습니다. 원작의 내용에서 각색된 부분도 있고, 멜로적 요소가 강화되었는데요. 이 영화는 서울에서만 십만 관객을 동원하는 등 흥행 기록을 세웠다고 합니다.

『그해 겨울은 따뜻했네』는 이렇게 대중적 인기를 끈 소설이지만, 다른 한편 이산가족 문제가 분단이나 이데올로기만의 문제가 아니라, 당대에 만연한 속물적 태도와도 관련이 있다는 것을 보여 줬다는 점에서도 중요한 작품입니다. 1960년대부터 시작된 조국 근대화론의 기치 아래에서 '잘살아 보세'라는 주술에 사로잡힌 속물적인 태도로 살아온 한국인들이 무엇을 잊거나 외면하고 살아왔는지를 잘 보여 주고 있다고 할 수 있습니다.

두 자매가 이산가족이 된 계기부터가 다른 이산가족 소설과는 차이가 있습니다. 맨날 먹을 것을 양보하는 데 질린 언니 수지의 계략 때문에 동생 오목이가 피난길에 길을 잃고, 결국 이산가족이 된 것이죠. 일곱 살 언니 수지는 동생 오목이의 손을 놔 버렸고, 갈 길이 바쁜 식구들은 더 이상 아이를 찾지 않고 피난길을 계속 이어갔습니다. 이러한 이야기는 당대의 다른 이산가족 서사와는 차이가 있습니다. 이산가족 서사를 만들면서 이데올로기를 비판한다든가, 전쟁의 폭력성 같은 것을 직접적으로 드러내기보다는 사소하다면 사소한 동기를 내세운 것입니다. 이것은 이 이야기가 이산가족 문제가 전쟁과 냉전의 비극적인 산물이기도 한 동시에, 전쟁 이후의 속물화된 한국사회의 현실과도 무관하지 않다는 것을 지적하는 효과를 거두고 있습니다.

위선의 시대

세월이 흘러 수지와 오목이 두 인물은 경제적으로 완전히 다른 계급에 속한 채 살아가게 됩니다. 수지는 부모의 유산을 알뜰하게 굴린 오빠 수철 덕에 비교적 윤택한 환경에서 자랐고, 대학 교육까지 받았고 도시 중산층의 가정을 꾸렸습니다. 반면, 오목이는 고아원에서 자랐고 제대로 교육을 받지도 못했고, 고아원 출신 일환이와 결혼을 하지만 가난을 벗어날 수 없고 행복과는 거리가 먼 생활을 합니다. 오목이의 생활의 변천사를 요약하자면, 고아원 → 재수학원 더부살이 → 식모살이 → 기술자의 아내라고 할 수 있습니다. 언니 수지가 유복한 환경에서 대학원 교육까지 받은 엘리트 여성으로 성장한 것과 대조적입니다.

　수지나 오빠 수철은 이산가족이 된 동생 오목이를 찾는 광고를 내기도 합니다. 하지만, 이러한 행동은 정말 가족을 찾으려는 게 아니라, 오히려 찾지 않기 위한 노력이기도 합니다. 오목이라는 아명 대신에 '수인'이라는 이름으로 오목이를 찾는 것이 단적인 예입니다. 원래 동생 오목이는 아명으로 불렸기 때문에 호적상의 이름을 모릅니다. 그러니까 아예 다른 이름으로 동생을 찾고 있는 셈이죠. 또한 오목이가 낸 광고를 보고 동생을 찾고도 일부러 감추기까지 하고요. 이렇게 끝내 동생을 모르는 척하는 것이 두 사람입니다.

전쟁의 기억을 잊고 뻔뻔한 태도를 보이는 인물이 기업가로 등장하는 것도 흥미로운 대목 중 하나입니다. 기업가 수철은 동생을 찾고도 모르는 척하면서도 죄책감을 느끼지 않습니다. 그가 사업을 확장해 나갔던 1970년대는 수출 위주의 성장정책이 한창이었던 때이고, 그는 이러한 분위기를 타고 사업을 확장해 갑니다. 동생을 잃고 어머니마저 폭격으로 희생되었던 피난길의 경험은 그에게 큰 문제가 되지 않아 보입니다. 그에겐 트라우마라고 할 만한 것이 거의 보이지 않는데요. 전쟁의 처참함 같은 것은 이미 망각했고, 죄책감으로 괴로워하기보다는 앞으로 나아가는 데 몰두하는 인물입니다.

성공 서사의 그늘

이렇게 이 소설은 이산가족 서사이면서도, 당대에 만연한 성공 서사의 어두운 그늘을 보여 주는 작품이기도 합니다. 오목-일환 부부의 상황은 "우리도 잘살 수 있다"박완서,『그해 겨울은 따뜻했네』1권, 95쪽라는 신화적인 구호로부터 소외된 이들의 현실을 보여 줍니다. 두 인물 모두 성실하고 착하지만, 성공은커녕 제대로 사회에 뿌리 내리기가 어렵습니다. 두 사람 모두 기댈 수 있는 가족이 있는 것도 아니고, 그러다 보니 교육의 기회에서도 소외되고, 결국 경제적으로 기반을 잡지 못하는 형편에 처하게 됩니다.

　오목이와 같은 고아원 출신인 일환은 당대의 기능공의 현실을 대변합니다. 일환이는 보일러 기술공입니다. 처음 고아원을 떠나 자립을 시도했을 때만 해도 일환이는 기술로 돈을 벌어 가족을 건사할 수 있을 것이라는 희망이 있었습니다. 하지만, 현실은 만만치 않았던 것이, 치솟는 물가에 비해 기술자에 대한 처우는 열악했기 때문입니다. 일환이는 보일러 기능공 자격증 외에도 여러 자격증을 취득하지만 끝내 안정적인 생활을 하지 못합니다. 일환이 부부와는 다른 계급인 수지 네만 봐도 자산 소득을 기반으로 하여 여러 갈래로 투자를 하고 돈을 불리는데, 이들은 그런 생활과 거리가 멀죠.

　이들 부부가 중동행을 꿈꾸는 것 역시 상징적입니다.

당대에 중동행은 한국 땅에서 중산층의 꿈을 이루기 위해 꼭 이루어야 하는 필수적인 코스로 여겨졌죠. 중동행은 1970~80년대의 중동개발 붐을 배경으로 합니다. 베트남 특수(1960년대 후반)가 끝나고 석유파동으로 몇 차례 위기를 겪은 후 한국경제는 중동행을 새로운 돌파구로 삼았지요. 별다른 기반이 없는 이들에게는 목돈을 벌 수 있는 마지막 기회이자 수단으로 여겨졌습니다. 오목이 부부도 일환이가 중동건설에 파견되어 일을 하면 큰 돈을 벌 수 있으리라 기대하고 역시 중동행에 마지막 희망을 걸었습니다. 하지만 어렵사리 남편 일환의 중동행이 성사된 후 오목이는 폐결핵으로 세상을 떠납니다.

오목이의 죽음은 중산층 진입이라는 희망, 이산가족이 상봉하고 전쟁의 상처가 비로소 치유될 수 있다는 80년대의 희망이 허구적이었음을 상징합니다. 황석영이 그렸던 도시 기층민의 삶은 여전히 이어지고 있고 공정성은 여전히 요원하지만, 빈부격차는 점점 커지고 있고 상처는 치유 없이 망각되어 버렸습니다.

성공 서사에 대한 반성 : 신경숙

7강 - 성공 서사에 대한 반성 : 신경숙

1. 반성의 시대와『외딴 방』

이번 강의에서는 신경숙의『외딴 방』에 대해 이야기하려고 합니다.『외딴 방』은 1994년 겨울부터 이듬해 가을까지 계간『문학동네』에 총 4회에 걸쳐 연재되었습니다.『외딴 방』1회가 실린 1994년 겨울호『문학동네』는 창간호이기도 합니다. 그러니까 신경숙의『외딴 방』은『문학동네』와 함께 시작된 것입니다.『문학동네』창간사를 보면, "어떤 새로운 문학적 이념이나 논리를 표방"하는 대신에 "현존하는 여러 갈래의 문학적 입장들 사이의 소통을 촉진하고, 특정한 이념에 구애됨이 없이 문학의 다양성이 충분히 존중되는 공간"「문학동네』1994. 11. 창간사을 만들겠다는 포부가 인상적입니다. 문학 잡지가 특정 이념을 표방하지 않는다는 게 지금으로서는 당연해 보이는 말이라서 의아할 수도 있을 듯한데요. 이는 그동안 한국에서 문학에 부가된 의미가 매우 컸음을 의미하기도 합니다. 순수-참여 논쟁에서도 볼 수 있듯이 문학의 역할에 대한 논쟁은 한국 문단 혹은 한국 지성사에서 오랫동안 이어져 내려온 주제였습니다. 해방 이후의 격렬했던 이념 갈등을 겪고 그 이후로 20여 년에 걸친 군사독재를 거치는 동안 문학은 '문학적'일 수만은 없었던 겁니다. 한국에서 문학을 한다는 것은 진지한 사명을 가지고 구체적으로 현실을 변혁하겠다는 지향을 갖는 활동이기도 했습니다.

하지만 1990년대 들어 국내외적인 상황이 달라지기 시작했습니다. 제2차 세계대전 이후로 지속된 자본주의와 사회주의의 대립이, 현실 사회주의의 몰락으로 와해된 것입니다. 이는 자본주의에 대한 비판으로 상상해 온 대안적 공간이 사라졌다는 의미로 사실상 자본주의의 승리로 받아들여졌습니다. 앞서 『문학동네』 창간사를 읽어 보면 이데올로기가 사라지고 모든 것을 자본의 논리가 지배하게 되었다는 위기 의식이 느껴집니다. 1980년대까지 한국에서 문학은 현실의 억압에 저항하고 다른 대안적 공간을 상상하는 역할을 떠맡고 있었습니다. 그런데 그 바깥을 상상하는 것이 어려워졌고, 시장의 논리가 더욱 우세해진 시대가 온 것입니다. 이런 환경에서 문학은 어떤 역할을 할 수 있을지에 대한 고민이 필요해졌고, 잡지『문학동네』는 자본주의 바깥을 상상하기 어려운 상황에서 상업주의에 대항한다는 아이러니한 작업이 필요한 1990년대에 등장한 것이라 할 수 있습니다.

신경숙과 반성의 서사

이러한 시대적 배경 속에서 새로 등장한 문학잡지 창간호에 신경숙의 자전적 소설인『외딴 방』이 연재되면서 대중적인 주목을 끌었습니다. 그런데 이러한 화제성 말고도 이 작품의 독특한 형식을 눈여겨볼 필요가 있습니다. 작가는 겪었던 일들을 소재로 쓰면서, 동시에 그것을 쓰고 있는 1990년대 중반의 사회적 현실, 혹은 작가가 소설을 쓰고 연재하면서 겪고 생각한 것들까지를 반영하면서 소설을 구성해 나갑니다. 당대의 독자들의 반응을 즉각 수용하고 반영하면서 연재를 한 것인데요. 예를 들어, 작가가 영등포 산업체 학급 시절 이야기를 쓰겠다고 하자, 당시 함께 학교를 다녔던 친구에게서 전화가 옵니다. 가족들도 이런저런 반응을 보이죠. 이런 내용들이 모두 소설에 반영됩니다.

이 소설은 1970년대 말의 일을 뒤늦게 소설로 쓰고 있는 1990년대의 '나'에 대한 소설이라고 할 수 있습니다. 다른 말로 하면 '반성의 서사'입니다. 소설 속 '나'는 외딴 방에서 도망치듯 빠져나오면서 제대로 애도하지 못한 어떤 죽음에 대해 반성하고 있습니다. 그런데 이 죽음은 소설 속 화자인 '나', 혹은 작가 신경숙 한 사람만의 반성은 아닙니다. 1970년대를 통과한 한국 사람들이라면 공통적으로 가지고 있는 트라우마에 대한 이야기이기도 했습니다. 먹고살기 위해 눈 감아 버리거나 놓친 것이 있고, 그에 대해 작가인 '나'가 대표로 반성하고 있는 것이라고도 할 수 있습니다.

2. 산업역군과 가난

외딴 방 시절

이 소설에는 크게 두 가지 시간이 흐르고 있습니다. 소설가인 '나'가 글을 쓰는 현재 시점은 1994년, 그리고 그녀가 회상하는 시간은 1970년대 말입니다. 신경숙의 소설에서는 하나의 시간대가 직선적으로 흘러가지 않습니다. 과거와 현재가 매우 적극적으로 교차됩니다. 그러니까 과거를 일관

되게 처음부터 끝까지 시간 순서대로 회상하는 형식이 아닌 거죠. 갑자기 과거의 기억이 현재를 잠식해 버리기도 하고, 과거에 대한 서술이 갑자기 시작되는가 하면, 어느 순간 현재로 돌아와 있기도 합니다.

우선 '나'가 회상하고 있는 '외딴 방' 시절이란 무엇인지 살펴보겠습니다. '나'는 서울에 있는 오빠를 의지 삼아 상경했습니다. 열여섯의 '나'가 처음 기차에서 내려 본 것은 서울역 앞에 있는 대우빌딩입니다. 1978년 서울에서 볼 수 있는 유일한 고층빌딩으로 고속 성장한 한국의 경제 발전을 상징하는 건물이었죠. '나'와 외사촌, 큰 오빠 그리고 대학 진학을 위해 상경한 셋째 오빠까지. 이렇게 네 사람은 외딴 방에 함께 삽니다. 이 '외딴 방'은 구로 공단 근처에 있었습니다. 서른 일곱 개의 방이 있는 3층짜리 붉은 벽돌집 3층의 방이었죠. 따로 방을 얻을 형편이 안 되어 '나'와 두 오빠 그리고 외사촌 네 사람이 칼잠을 자야만 했던, 여름에는 찜통 더위에 잠을 못 이루었던 그런 방이었죠. '나'는 이 방에서 오빠들 밥을 해주면서 공장에 나가고 야간에는 산업체 특별학급에서 고등학교 과정을 배웁니다.

산업체 특별학급은 박정희 정권의 산업화 정책의 하나로 1976년 교육법 개정에 따라 1977년부터 실시된 교육과

정입니다. '나'의 경우 식구 많은 집 시골 출신인지라, 이렇게 하지 않으면 고등학교 교육을 받기 어려웠겠죠. 하지만 공장 노동자들이 다니는 과정으로, 실제로 어려움도 많았습니다. 소설에서도 묘사되는데요. 노동 조건 자체가 열악했기 때문에, 따로 시간을 내 학교 가는 것 자체가 쉽지 않았습니다. 또 회사에서는 학교를 보내 주는 대신으로 여러 가지 조건을 내세워서 노동자들을 감시했고요. 소설에는 노조 가입을 하면 학교에 안 보내 준다고 노동자들에게 으름장을 놓는 장면이 등장합니다. 또한 산업체 특별학급이 기존 학교에 더부살이 하는 수준이었기 때문에, 주간 학생들과 갈등도 심했고요. 소설에는 함께 교실을 쓰는 주간 학생이 와서 야간반인 '나'를 체육복 도둑으로 의심하는 에피소드도 등장합니다. '산업역군'을 위한 제도라고 말은 좋았지만, 실제로는 산업체 학급 학생들에 대한 차별적인 시선이 존재했고, 당대의 열악한 노동 조건이나 노사 갈등은 학업을 이어 나가기 어렵게 만드는 요소이기도 했습니다.

산업체 학급을 세운 것은 궁극적으로는 노동자를 공장에 더 잘 적응시키기 위한 것이기도 했습니다. 대규모 공장이 세워지고, 농촌의 많은 잉여인력들이 일자리를 찾아 도시로 몰렸지만, 이 노동력이 고향을 떠나 도시로 왔다고 해서 바로 노동자가 될 수 있는 것은 아니죠. 근대적 교육이 필요합니다. 이때의 교육으로는 어디에서나 호환이 가능할 수 있는 부기, 주산, 같은 실용적인 과목이 장려됩니다.

하지만 원래의 제도라는 게 꼭 그 의도대로만 작동하지는 않죠. 산업체 학급은 근대적 노동에 적합한 노동자를 훈련시키는 교육기관이기도 했지만, 다른 한편으로는 노동자가 새로운 소망을 품게 되는 계기가 되기도 합니다. 『외딴방』의 '나'가 작가가 되겠다는 꿈을 품은 것도 바로 이 산업체 학급에서였습니다. 물론 이러한 소원을 성취하는 것은 쉽지 않습니다. 학교와 공장은 '나'를 비롯한 다른 여성 노동자들에게 양가적인 의미가 있다고 할 수 있습니다. 이들이 공장에 다니고 산업체 학급에 진학함으로써 기존의 가족 공동체로부터 벗어난 것은 맞지만, 다시 이들은 열악한 노동환경에 구속된 상황이기도 하죠.

동남전자 스테레오 라인의 1번, 2번이 된 '나'와 외사촌. 두 사람은 번호로만 불리는 공장 생활을 합니다. 말로는 그녀들을 '산업역군'이라고 칭송하고 선전하지만, 말도 안되는 저임금에, 형편없는 작업 환경과 열악한 식당 밥이 현실이죠. 그뿐이 아닙니다. "공순이"_{신경숙, 『외딴 방』1권, 105쪽}라는 멸칭(蔑稱)에 성희롱도 만연해 있습니다. 회사는 노조 가입을 금지하고 노조원을 해고합니다. '나'와 외사촌에게도 산업체 학급에 진학하려면 노조를 탈퇴하라고 압박하죠. 그런데 수출 물량이 몰릴 때는 화장실 갈 시간도 없이 컨베이어 벨트가 돌아가던 공장이 1980년대에 들어 경영난을 겪고 이를 노동자에게 전가시킵니다. 1981년 '나'가 공장을 떠날 즈음해서는 쉴 틈 없이 돌아가던 컨베이어 벨트가 멈춥니다. 임금 체불에 공장 폐쇄까지 이어지고 여공들은 임금도 퇴직금도 제대로 받지 못하고 공장을 떠나게 되죠.

외딴 방 시절을 이야기 할 때 묘사되는 가난에서 1970년대의 도시와 시골 간의 차이가 분명히 나타납니다. 이들 네 사람이 칼잠을 자는 방의 한 달 방세가 2만 원입니다. 그런데, '나'가 하루에 열두 시간씩 공장에서 일하면서 받는 월급이 1만 원이죠. 그러니까 이렇게 작고 열악한 한 달 월세도 못 낼 만큼 임금이 적었던 것입니다. '나'의 오빠는 방위병인데도 거짓말을 하고 입시학원에 취직해서 방세를 마련할 정도입니다. 이는 '나'가 회상하는 고향에서의 생활과는 대조적입니다. '나'가 중학교까지 살았던 정읍의 고향집은 여섯 남매 교육비가 빠듯하기는 했지만, 그래도 먹고 자는 것이 불편할 정도는 아니었습니다. 오히려 마을의 어느 가구보다 풍족한 편으로 배를 곯을 일은 없었죠. 하지만 서울에 올라온 '나'는 '가난'이 무엇인지, 도시에서의 빈곤이라는 것이 무엇인지를 실감합니다.

3. 글쓰기라는 반성의 형식

머뭇거림의 이유

그런데 이 소설이 말하는 것은 그 시절의 가난과 열악한 노동 현실만이 아닙니다. 만약 그게 전부라면, 외딴 방에 대해 쓰는 것은 그렇게 어렵지 않았을지도 모릅니다. 이 소설의 특별함은 외딴 방 시절을 쓰겠다고 하면서도 좀처럼 시원하게 그 시절을 말하지 않는 작가의 머뭇거림에 있다고 할 수 있습니다. 그러니까 어떤 망설임에 있습니다. '나'는 무엇을 써야 할지 정했다면서도 계속 쓰기를 미루고 여행을 떠나는 식으로 글쓰기로부터 도피하기도 하고요. 도대체 뭐가 문제일까요. 하계숙이라는 인물에게 전화를 받으면서 실마리가 좀 풀립니다. 하계숙, 그녀는 함께 산업체 고등학교에 다녔던 동기이지요. 하계숙은 '나'에게 묻습니다. 왜 그 시절, 그녀와 함께 학교에 다니던 그 시절에 대해서는 작가가 되고서도 쓰지 않느냐고 말입니다. 이렇게 현실이 소설에 끼어드는 방식이 소설의 실감을 더합니다

‘나’는 하계숙의 전화를 받고 고민을 합니다. 내가 왜 안 썼을까. 그녀 말대로 그 시절의 그녀들을 부끄럽다고 생각해서일까. 하고 자신에게 묻기도 하고요. 물론 ‘나’는 스스로 변명을 해봅니다. ‘외딴 방’ 시절에 대해 아예 안 쓴 것도, 부끄러웠던 것도 아니다, 라고요. 신경숙 작가의 첫번째 단편집 『겨울우화』에는 실제로 「외딴 방」이라는 단편이 실려 있습니다. 이 단편에서 정말 장편소설 『외딴 방』의 배경이 되는 그 시절 외딴 방을 다루고 있긴 합니다. 하지만 장편소설에 비하면 훨씬 규모도 작고, 서술되는 방식도 차이가 있죠.

　단편 「외딴 방」과 장편 『외딴 방』 사이의 중요한 차이는 ‘희재 언니의 죽음’을 말하느냐 아니냐에 있습니다. 희재 언니는 ‘나’의 외딴 방이 있던 3층 건물에 함께 세 들어 살던, 역시 같은 산업체 고등학교를 다녔던 여자입니다. ‘나’는 희재 언니를 좋아했고, 따랐습니다. 희재 언니는 다른 여성들처럼 열악한 노동 환경에서 저임금을 받고 일하고 있었고, 그러면서도 가족을 위해서는 희생해야 하는 상황이었습니다. 이렇게 열악한 상황에서 희재 언니는 버티고 있었던 것 같습니다. 하지만 희재 언니가 더 이상 버틸 수 없는 사건이 일어났고, 결국 그녀가 외딴 방의 시체로 발견된 후에야 그녀가 아이를 임신했다는 것, 그러나 남자 친구는 아이를 원하지 않았다는 사실이 밝혀집니다.

신경숙의 인물들이 견딜 수 없는 순간이 바로 이런 순간입니다. 어떤 순수하고 고결한 소망 같은 것이 훼손되는 순간을 만나면 더 살 수가 없는 거죠. 『외딴 방』의 '나'를 충격으로 몰고 간 이 사건. 이 죽음은 두 가지 의미에서 해석될 수 있습니다. 여성 인물이 가진 순결, 순수의 훼손에 대한 저항. 그리고, 돈밖에 모르는 세상살이에 대한 저항. 이 두 가지 차원의 의미가 있습니다. 순수를 훼손한 세계. 그리고 돈밖에 모르는 세계. 이 세계에 대한 저항이 신경숙 소설의 중요한 주제입니다. 고집스럽게, 저항하죠. 타협하는 법을 모릅니다.

그녀가 좀처럼 외딴 방 시절을 쓸 수 없었던 것은 희재 언니의 죽음이 남긴 상처, 트라우마 때문입니다. 그것은 좀처럼 애도될 수 없었던 트라우마였고, 그래서 '나'는 희재 언니가 죽은 외딴 방 시절을 제대로 쓸 수 없었던 것입니다.

우리가 글을 쓴다는 것은 사실 다시 돌아보면서 쓰는 것입니다. 그때는 무슨 일이 있었고, 나는 어떻게 생각하고, 이런 식이잖아요. 이렇게 재구성하면서 그것을 정리하죠. 그런 면에서 과거에 대해 쓴다는 것은 프로이트식으로 말하면 상실을 애도하는 것이라고도 할 수 있습니다. 사랑하는 대상을 상실했을 때, 애도라는 형식을 통해 슬픔을 해소하고 어느 정도 정리를 하는 것이죠.

하지만, 정상적으로 애도가 안 되는 경우가 있습니다. 너무 슬픔이 클 때 도저히 애도가 안 되는 상실이 있을 수 있습니다. 희재 언니의 죽음이 그렇습니다. '나'가 힘겹게 꺼낸 희재 언니의 죽음은 매우 트라우마적입니다. '나'는 출근길에 마주친 희재 언니로부터 부탁을 받았습니다. 자신이 고향에 며칠 머무르려고 내려가는 중인데 깜박 잊고 방 문을 안 잠근 것 같으니, 대신 문단속을 해달라는 것이었습니다. '나'는 별 의심 없이 그렇게 하리라 약속했고, 그녀의 당부대로 밖에서 문을 걸어 잠갔습니다. 그리고 며칠이 지나 그 닫힌 방문 뒤에 희재 언니가 있었다는 것이 밝혀졌고, 그 뒤로 '나'는 외딴 방을 나와 다시 돌아가지 않게 되었죠.

그리고 이제, 그 닫아 버린 외딴 방 시절을 다시 꺼내어 반성하려 하는 게 이 소설이죠. 신경숙 소설에서 반성은 매우 중요한 형식입니다. 다른 작품에서도 엿볼 수 있는 부분인데요. 「겨울우화」(1985)는 신경숙 작가의 등단작이 있습니다. 이 이야기는 명혜라는 여성 인물의 시점으로 전개가 됩니다. 명혜라는 여성 인물이 오랫동안 소식이 없었던 애인의 안부를 다른 남자 동기를 통해 알게 됩니다. 그리고 이 소식을 애인의 어머니에게 전달하러 애인의 고향 집에 들르죠. 이렇게 간단하게 요약해 버리면 참 별 게 없습니다. 하지만, 명혜라는 여성의 생각을 따라가다 보면 그리 간단하지 않습니다. 유년 시절 부모님의 불화, 현재 직장인 학교에서 일어나는 일, 그리고 대학 시절 애인과 있었던 일 등등. 과거의 시간대를 자유롭게 오가면서 명혜의 생각이 전개되고 있습니다.

이 명혜의 생각들 중에서 인상적인 부분이 있습니다. 명혜는 초등학교 담임교사입니다. 그런데 명혜가 가르치는 반에서 반 1등 아이의 교과서가 사라진 일이 일어납니다. 누구 짓인지 몰라 아이들을 닦달했지만, 끝내 범인은 못 잡았고요. 그런데, 나중에 지수라는 아이가 담임인 명혜에게 편지를 보냅니다. 자기 짓이라고. 늘 1등만 하는 친구가 부러워서 자기도 1등이 하고 싶어서 교과서를 훔쳤던 것이라고. 잘못인 줄 알지만 그랬다고요. 있을 수 있는 일이죠. 그리고 늦게라도 선생님에게 편지로 잘못을 고백하고 용서를 빌고 있으니 다행이기도 하고요.

그런데 명혜가 나중에 지수에게 답장을 쓸 내용에 대해 생각하는 부분은 눈길을 끕니다. 명혜는 생각하죠. 지수라는 아이에게 이 일을 평생 잊지 말라고 당부하겠다고요. 그러면서 "반추"_{신경숙, 「겨울우화」, 74쪽}라는 표현을 씁니다. 계속 이 아이가 자신의 잘못을 잊지 말고 "반추"해야 한다는 게 명혜의 생각입니다. 이 에피소드는 소설 속에서 큰 비중을 차지하는 것은 아니지만, 명혜의 다소 과해 보이는 생각이 신경숙 소설의 특징이라 할 수 있는 '반성'이라는 주제와 연결된다는 점에서 예사롭지는 않아 보입니다. 작가는 중요한 것은 용서를 빌었다는 사실이 아니라, 자신의 잘못을 잊지 않고 되새기는 것이라고 말하고 있는 것입니다. 용서를 빈다고 해서 죄가 사라지거나 가벼워지는 세계가 아닌 것이죠. 이런 반성에 대한 생각이 등단작에서 이미 드러나 있었던 것입니다. 그리고 이런 반성의 형식이 『외딴 방』으로 이어지고 있는 것이죠.

'그녀들'에 대한 풍속화

『외딴 방』의 '나'는 개발독재기에 함께 '외딴 방' 시절을 보낸 '그녀들'을 풍속화로 그려 내고자 합니다. 여기서 풍속화는 지나간 시간을 살아 숨쉬는 것처럼 다시 써 내는 것을 말합니다. '나'는 김홍도의 풍속화를 언급하죠. 실제보다 더 실감나게 그린 풍속화처럼, '나'의 외딴 방 쓰기도 '실제'를 담는 그런 글쓰기가 되어야 한다고 생각합니다. 실제보다 더 실감나게 그린다는 것. 이것은 똑같이 재현하는 수준을 넘어서는 것입니다. 재현하고자 하는 대상이 가진 진실을 담겠다는 다짐이고요.

그러다 보니 글을 쓰는 '나'는 자주 머뭇거릴 수밖에 없습니다. 단순히 '연대순'으로 유신 말기의 사건을 기록하거나, 산업체 학급의 동료 여성들을 글을 통해 박제하는 것이 아니라, '진실'을 써야 한다는 부담 때문입니다. '나'가 동남전자 스테레오부 1번으로 일하고, 영등포 여고 산업체 학급에 다니면서 목격한 것들이 있습니다. YH 사건, 동일방직 사건의 당사자였던 그녀들이 '나'와 한 학급에서 공부했습니다. 그런데 그녀들의 이야기는 어디에 있을까요. 검색을 하면 나오는 뉴스 자료만으로는 충분하지 않습니다. 역사적 사건으로 기록이 안 된 사건들도 많으며, 또한 역사적으로 기록이 남았다고 해도, 그 사건의 당사자들이 겪은 경험의 구체적인 면면에 대해서는 기록이 없을 것입니다. 소설에서 '나'는 그녀들에게 "의젓한 자리"_{신경숙, 『외딴 방』1권, 248쪽}를 마련해 주고 싶다는 이야기를 자주 합니다. 그러니까 이것은 그녀들이 겪은 사건들에 제대로 의미를 찾아 주겠다는 말이기도 합니다.

이때 외딴 방을 빠져나가지 못하고 세상을 떠난 희재 언니에 대한 이야기는 무엇보다 중요합니다. 작가는 그녀에 대해 말하지 않으면 안 된다는 다급함이 있습니다. 그리고 제대로 담지 못하면 어쩌나를 걱정하죠. "예전대로 고스란히 재생"신경숙, 『외딴 방』1권. 248쪽하는 경지에 닿고 싶다는 생각을 합니다. 물론 이것은 불가능에 가깝죠. 삶을 그대로 쓰고 싶다는 생각, 한 사람의 삶을 의식하고 글쓰기로 쓰고자 하지만, 다시 쓰는 순간에 그것은 더이상 삶일 수가 없습니다. 그러니까 『외딴 방』에서 생각하는 글쓰기 모델은 삶과 글쓰기 사이의 차이를 의식하고 있습니다. 그리고 이 둘 사이에 단절이 일어나는 것을 강박적으로 거부하고 있죠.

4. 문학이라는 탈출구

꿈이 있는 삶에 대한 기대

다시 소설의 처음으로 돌아가 보겠습니다. 소설 속 '나'의 외딴 방 시절은 1978년 유신 말기부터입니다. 당시 세상은 시끄러웠습니다. 새로 취임한 카터 대통령이 주한 미군 철수 계획을 발표하면서 한반도 위기론이 떠돌았죠. 그런가 하면 유신정권의 탄압에 저항하는 움직임도 거셌고요. 그런데 '나'를 고통스럽게 하는 것은 이런 세상의 사정과 조금 달랐습니다. 고향 집에서 서울로 올라오라는 오빠의 편지를 기다리던 '나'는 시골집을 떠나 학교 다닐 날만 기다렸습니다. 다른 세상으로 나가고 싶어했죠. 이때의 다른 세상은 돈을 벌고 성공하겠다는 욕망과는 조금 다른, 어떤 꿈과 희망이 있는 삶을 의미하는 것이었습니다. 서울로 올라가는 기차 안에서 외사촌이 보여 준 사진집의 하얀 새와 같은 것이죠. 외사촌은 나중에 돈을 벌면 제일 먼저 카메라를 살 거라고, 그리고 꼭 사진을 찍는 사람이 되겠다고 말합니다. 그러니까, 먹고살기 위해 돈을 벌고 밥을 끓여 먹고 그런 것과는 다른 차원의 것을 꿈꿉니다. 신경숙의 인물들에게는 이렇게 다른 세상을 꿈꾸는 것이 매우 중요합니다. 이런 꿈이 무너졌을 때, 신경숙 소설의 인물들은 위험한 행동을 합니다. 희재 언니의 죽음도 이런 맥락에서 생각해 볼 수 있습니다. 시골집에서 '나'가 쇠스랑으로 발을 찍은 사고도 어쩌면, 꿈을 꿀 수 없는 상황(학교에 못 가는 것)에 대한 절망과 관계가 있어 보입니다.

바라던 대로 고향을 떠났고, 학교에 다니기는 하지만, '나'는 또 한 번 좌절합니다. 산업체 고등학교에서는 생각했던 것과는 다른 공부를 합니다. 그녀가 배우고 싶은 것은 부기 같은 실용적인 기술이 아니었으니까요. 그런 '나'를 견디

게 하는 것은 '글쓰기'에 대한 꿈입니다. 그리고 이것이 구체화된 것은 최홍이 선생님이라는 인물 때문이죠. 그는 '나'에게 『난장이가 쏘아올린 작은 공』(이하 『난쏘공』)이라는 소설책을 줍니다. 그리고 '나'는 그 책을 읽고 필사하기 시작하죠. 소설 『외딴 방』에서 현재/과거가 큰 구분 없이 들쑥날쑥하게 등장하는 것처럼, 『난쏘공』을 필사하는 '나'와 필사되는 『난쏘공』 사이에 경계 역시 불분명합니다.

'난쏘공'이 드러낸 노동 현실

『난쏘공』으로 흔히 줄여서 불리는 『난장이가 쏘아올린 작은 공』은 연작소설집입니다. 1976년부터 문학잡지에 발표되었고, 1978년에 단행본으로 묶였지요. 지금은 고전 반열에 오른 이 소설은 당대의 베스트셀러였습니다. 1970년대는 판매부수를 정확하게 신고하던 시절이 아니었기 때문에 정확한 것은 아니지만, 이 소설집이 출판된 해에만 5만 부 이상 팔렸다고 합니다.

　『난쏘공』이 베스트셀러가 된 것은 이례적인 일이라고도 할 수 있습니다. 심각한 주제를 다루고 있는 데다가, 독자를 매우 불편하게 만드는 문제작이었기 때문입니다. 심심풀이로 읽을 수 있는 책은 아니었다는 거죠. 그런데도 『난쏘공』

이 많이 읽혔다는 것은 그만큼 산업화·도시화로 인해 생긴 부작용들이 큰 사회 문제였다는 의미이기도 합니다.

소설의 내용은 대략 이렇습니다. 가장 김불이를 중심으로 한 한 가족이 있습니다. 소설에서 김불이는 이름보다 '난장이'(난쟁이) 로 통합니다. 키가 117cm이기 때문입니다. 그는 1929년 생입니다. '난장이' 연작이 1976년부터 쓰여지기 시작했으니까, 40대 중반의 나이네요. 그에게는 두 아들과 딸 하나가 있습니다. 그들은 '낙원구 행복동'이라는 가상의 도시에 위치한 판잣촌에 살았는데요. 철거 통지서가 날아옵니다. 재건축을 할 테니 기존의 주민들은 모두 나가라는 것이죠. 난장이 일가에게는 보통일이 아닙니다. 지금의 판잣집을 짓는데도 큰 돈이 들었을뿐더러, 새로 지은 아파트에 입주할 목돈은 더더욱 없으니까요. 하루아침에 갈 곳이 없어진 것입니다. 난장이 아버지는 온갖 잡일을 하면서 버텼지만, 결국 버티지 못하고 죽습니다. 그리고 아버지를 대신해서 아들들은 공장에서 일을 하지요. 큰아들은 공부를 하고 싶었지만, 여의치 않았고요.

재건축으로 쫓겨나는 도시 빈민 문제, 열악한 공장 노동 현실 등은 당대의 문제를 그대로 반영한 것입니다. 점심시간은 삼십 분인데 그나마 십 분 만에 밥을 먹고 운동을 하라는 지침이 떨어집니다. 노동자들의 건강을 위해 지켜야 할 최소한의 운동 시간 같은 것이겠지만, 사실 이것은 요식행위에 불과합니다. 또 작업, 식사, 운동 어떤 시간에도 노동자들이 서로 어울리는 것을 막습니다. 노동자들의 단체 행위를 막기 위한 조치였던 것이죠. 그러면서 공장은 경기가 좋지 않다고 거듭 겁을 줍니다. 만약 공장이 문을 닫는다면 그들은 갈 곳이 없어지고, 생활비를 벌 수 없겠죠. 이게 노동자들이 가장 두려워하는 상황이라는 것을 아니까, 이렇게 겁을 주는 방식으로 노동자들의 자유를 억압하고 구속합니다.

바로 이 『난쏘공』을 『외딴 방』의 '나'가 읽고 있는 겁니다. 『난쏘공』의 상황은 『외딴 방』의 '나'가 현실에서 겪고 있는 것이기도 했습니다. 역시 열악한 작업 환경, 그리고 노조를 탄압하는 간부가 있었죠.

문학, 다른 세계와의 접속

이 읽는 행위는 매우 중요합니다. 『외딴 방』에는 '나'처럼 뭔가를 읽는 친구가 있습니다. 산업체 야간 학교에서 만난 미서도 그렇습니다. 미서는 헤겔의 『정신현상학』을 끼고 다니죠. 어깨 너머로 몇 줄만 읽어 봐도 어려워 보이는 문장들이라서 '나'는 놀랍습니다. 그렇게 어려운 것을 왜 읽는 것일까.

어떻게 이해하는 것일까. 이런 생각 때문이죠. 하지만, 미서에게 중요한 것은 헤겔의 문장의 의미를 해석하는 데 있지 않습니다. 이 책을 읽는 순간 만큼은 '공순이'로 멸시 받는 현실과는 다른 세계와 접속할 수 있다는 데 그 의미가 있습니다. 그래서 미서는 어려운 책을 끼고 다니는 겁니다.

『난쏘공』을 읽는 '나'도 역시 마찬가지이죠. 미서와 '나' 모두 인텔리 계급도 아니고, 소설가도 아니고, 먹고사는 것 외에 다른 활동을 할 수 있는 처지에 있지도 않지만, 적어도 그들이 소설을 필사하는 순간, 어려운 독일 철학책을 끼고 다니는 순간 만큼은 다른 세계를 상상할 수 있는 것입니다. 이렇게 한 권의 책이 그렇게 엄청난 기능을 하던 시절이 있었습니다. 소설 속 '나'는 『난쏘공』을 읽으면서 다른 노동자들의 현실에 대해 알게 되고, 공감합니다. 그리고 더 나아가 글을 쓰는 사람이 되겠다고 결심합니다.

'나'의 이런 결심을 통해 『외딴 방』은 글쓰기, 혹은 문학론에 대한 소설이 됩니다. 작가인 '나'는 자신이 생각하는 글쓰기란 무엇인지, 문학이란 무엇인지를 피력합니다. 소설가가 된 '나'의 문학론 역시 컨베이어 벨트에서 『난쏘공』을 공책에 적어 옮기던 그때의 '나'와 크게 다르지 않습니다. '나'에게 문학이 의미가 있다면, 각박한 현실과는 다른 세계를 꿈꿀 여지를 마련해 주는 것이기 때문입니다. 그럴 때, 문학, 혹은 읽는다는 행위는 의미를 갖습니다.

그런데 이런 태도는 당대의 저항적 문화와는 차이가 있습니다. 당대의 문화는 문학이 현실에 저항하는 구체적인 구호를 만들어 내야 한다는 입장이었지요. 단적으로 소설 속 둘째오빠는 '나' 역시 유신 정권하의 비인간적인 상황에 대해 쓰고 있음에도 불구하고, "그런 문제들을 외면해선 안 돼"_{신경숙, 『외딴 방』1권, 260쪽}라고 이야기를 합니다. 오빠는 동생이 더 선명한 논조로 권력을 비판하는 작품을 쓰기를 바라는 것이겠지요.

하지만 '나'는 그런 문학론에 대해 동의하는 것 같지 않습니다. '나' 역시 신군부가 일으킨 5.18을 목격한 동료의 이야기를 들었습니다. 그리고 유신 말기 여공들에게 자행된 폭력을 목격했고요. 하지만 그것을 선명한 구호로 쓰는 게 전부가 될 수는 없다는 게 작가 '나'의 글쓰기와 문학에 대한 생각입니다.

출구 없는 세계에 갇힌 밀레니얼 : 김사과

8강 _ 출구 없는 세계에 갇힌 밀레니얼 : 김사과

1. 불안정성을 임기응변으로 해결하다

이번 강의에서 만날 마지막 작가는 김사과(1985~)입니다. 2005년 「02」로 등단했고 현재도 활발하게 활동하는 작가로 그의 소설은 후기 자본주의에 접어든 한국사회에 일어난 변화에 대해 누구보다도 객관적으로 바라보고 있다는 평가를 받고 있습니다.

'후기 자본주의'란 성장 국면이 지속된 20세기 중반의 자본주의와 대비해서 나온 말로 성장이 둔화되고 불안정성이 가속화된 상태를 말합니다. 이는 이 강의의 전반부에서 살핀 1960~70년대와 같은 고도성장 시기는 끝이 났다는 걸

의미합니다. 대신 노동이 유연화되고, 경제의 불안정성이 가속화되었지요. 한국의 경우 IMF 이후에 이러한 현상이 뚜렷하게 드러났지만, 전후 자본주의로 호황 국면을 누렸던 미국과 같은 경우 이미 1970년대 말부터 이런 변화가 감지되고 있었습니다.

후기 자본주의 사회의 또 다른 특징은 거시적 행동보다는 당장의 회복력을 택한다는 것입니다. 그러니까 뭔가 문제가 있어도 일시적인 해결책을 택하면서 버틴다는 것이죠. 근본적인 치료 없이, 진통제로 겨우 버티고 있는 상황이라고 할까요? 볼프강 슈트렉(Wolfgang Streck)은 후기 자본주의가 "임기응변, 희망, 약물복용, 쇼핑"볼프랑 슈트렉, 『조종이 울린다』. 유강은 옮김, 여문책, 2018. 77쪽과 같은 온갖 임시해결책에만 의존하고 있다고 비판했는데요. 오늘날 온갖 힐링 담론이 유행하는 것도 바로 자본주의의 모순을 임시로 봉합하려는 노력과 무관하지 않겠죠. 그러니까 문제가 있어도 저항하지 않고 모든 개인들이 자신의 몸의 면역력을 높여 가면서 현재의 상태를 계속 유지하는 게 오늘날 자본주의의 풍경이라고 할 수 있겠습니다.

김사과의 소설이 겨냥하고 있는 것이 바로 이 지점입니다. 그의 작품은 현재 우리가 온갖 치유에 대한 담론에 기대어 회복하면서 근근이 살아가고 있는 현실을 비판적으로 재현합니다. 자본주의에 상처받은 영혼들을 치유하는 사랑 발림이 넘쳐나고 있는 현실을 생각해 보면 매우 귀한 관점이란 생각이 듭니다. 이 강의에서 2000년대에 활동하는 다른 많은 작품들 중 김사과의 작품을 선택한 데에는 이런 이유가 있습니다.

미칠 수밖에: 「정오의 산책」

먼저 『02』라는 김사과의 첫 단편집에 실린 「정오의 산책」이라는 작품을 살펴보겠습니다. 이 단편은 임금 소득만으로는 살 수 없는 막다른 골목에 선 한 인물을 통해 현재 한국 자본주의에 출구가 없음을 보여 줍니다.

「정오의 산책」의 '한'은 제약회사에 다니는 삼십대 직장인 남성입니다. 그는 정(할머니)의 명의로 된 십삼 평짜리 낡은 아파트에 십오 년째 살고 있습니다. '한'의 아버지는 그가 열두 살 때 세상을 떠났고, '한'이 대학에 진학할 때가 되자 어머니 역시 떠납니다. 갑자기 고아나 마찬가지가 된 그를 거둔 것은 조부모님이었지만, 그들에게 손자 대학 등록금을 대줄 여유는 없었습니다. 세 사람은 열심히 일을 했습니다. 조부모는 부업, 모텔 청소, 경비일을, 손자인 '한' 역시 대학

생활을 제대로 즐겨보지도 못하고, 아르바이트만 했고요. '한'은 가까스로 대학을 졸업했고, 취직을 했습니다. 하지만, 여전히 형편이 나아지지 않았습니다. 급기야 할아버지가 암에 걸려 수술과 재발을 거듭하는 동안 경제적 형편은 더 나빠지기만 했고요.

'한'은 성실한 직원이고 상사들로부터 평판도 나쁘지 않고, 동료들 사이에서는 크게 거슬리는 행동을 하는 것은 아니지만 어쩐지 마음에 안 드는 사람으로 통합니다. '한'이 동료들에게 좋은 평을 못 받는 것은, 그가 늘 여유가 없고 '피곤'에 시달려서일 겁니다. 그의 생활은 그저 일하고 빚을 갚는 생활의 연속입니다. 아파트를 저당잡혀 할아버지 병원비를 댄 탓에 다달이 융자금과 이자를 갚고 나면 박봉의 월급은 얼마 남지 않습니다. 그런데 더 문제는 언제 이런 생활이 끝날지 알 수가 없다는 것이죠. '한'은 자신의 인생이 "새벽부터 밤까지 야구 게임기 앞에 서서 날아오는 공을 끊임없이 쳐내는 것과 비슷"_{김사과,「정오의 산책」, 157쪽}하다고 느낍니다. 이런 압박감을 느끼면서도 '한'은 한 번도 날아오는 공을 포기하지 않고 받아 내면서 여기까지 왔습니다.

하지만, '한'을 유지하고 있던 긴장이 한 순간에 풀어져 버린 사건이 벌어집니다. 같은 부서에 있는 독일에서 온 직원 '페터'와 '윤'과 함께한 점심시간이 사건의 발단이었습니다. 혼자서 주간지나 읽으면서 여유롭게 점심을 먹으러 간 샌드위치 가게에서 '한'은 페터와 윤 일행을 마주치고 뜻하지 않게 동석을 하게 됩니다. 페터는 "축제 속에 있는 듯이 명랑"하고, 윤은 "웃음이 많고 사교적인 여자"^{김사과, 「정오의 산책」, 158쪽}로 늘 피곤한 '한'과는 다른 유형의 인물입니다. 점심을 먹으면서 동료들끼리 가벼운 잡담을 하는 자리였는데, '한'은 어쩌다 보니 언성을 높이게 되었고, 점심 자리를 박차고 나가 버립니다. 그리고 '한'은 가게에서 나와 회사로 들어가는 길에 이상한 체험을 합니다. 지나다니는 사람들의 고통이 모두 읽히고, 우주 전체의 순환이 갑자기 생생하게 느껴지는 경험이었습니다. 믿기 어렵지만, 그렇습니다. 그리고 그 길로 그는 조퇴를 하고, 자신이 본 것을 조부모에게 전하기 위해 아파트로 향합니다. 이제 더 이상 고통스럽게 살지 않겠다고, 회사에도 가지 않겠다고 결심합니다.

'한'의 앞날이 어떻게 전개될지에 대해서는 나오지 않지만, 짐작하건대 드디어 끝날 것 같지 않던 그의 '피곤'한 일상을 끝내기로 한 것 같습니다. 그런데 그 계기가 '제 정신을 잃어버렸기' 때문에 비로소 가능했다는 것이 의미심장합니다. 그만큼 출구가 없다는 것이 아닐까요. 김사과의 다른 작품에서도 2000년대를 살아가는 이삼십대 젊은이들을 찾을 수 있습니다. 이들은 비싼 등록금을 내고 대학에 다니거나 졸업했지만, 도시에서 자립할 방법은 요원합니다. 「이나의 좁고 긴 방」에는 변두리의 집에서 중심가의 대학을 오가면서 매일 빈부격차를 실감하고 결국 부모 세대의 계급과 가난으로부터 탈출할 수 없을 거라는 공포에 시달리는 인물이 등장합니다. 이들의 실패는 한 개인이 노력해서 자립하기에는 도시 생활이 너무나 험난하다고, 부모 세대로부터 물려받은 지적·경제적 재산이 없이는 살 수 없다고 이야기하고 있습니다.

물론 이 지독한 도시에서 살아남기 위한 시도가 없는 것은 아닙니다. 김사과의 인물들은 서울을 걷는 중입니다. 그들은 거리에 있을 때가 많은데요. 이 거리에서 이들은 자본의 질서로 꽉 막힌 도시를 봅니다. 도시의 잔혹한 생존경쟁을 메타적으로 바라보는 예술가의 시선(「매장」)이 등장하기도 하지만, 역시 쉽지 않습니다. "실패하지 않은 건 끊임없이 지어지는 아파트뿐"_{김사과, 「매장」, 239쪽}이라는 자조적인 말이 등장하는 것도 무리가 아니어 보입니다. 「매장」이라는 단편에는 '세계의 끝'이라는 표현이 자주 등장합니다. 이것은 이 불안정한 자본주의 사회 바깥을 상상할 수 없다는 깊은 회의로 보입니다.

　이들은 때로 과격한 선언을 하기도 합니다. "결국 세계를 바꿀 수 없었으므로 … 더 이상의 번식을 중단하고 집단 학살과 자살을 병행하여 인류 전체가 멸종에 이르"_{김사과, 「매장」, 235쪽}는 쪽을 택하겠다는 말은, 기존의 방식에 대한 부정입니다. 진보하는 미래를 꿈꾸면 앞만 보고 달려나가던 기성세대와는 다르게 살겠다는 것이겠죠. 하지만, 이런 선언을 할 때조차도 소설 속 목소리는 분열됩니다. 바로 자신이 무엇을 선언하고 부정해 버리는 식으로 짐짓 심각하지 않은 척을 하는 거죠.

　분노를 터뜨리거나, 미쳐 버리는 경향은 데뷔작 「02」에서부터 시작된 것입니다. 이 단편에는 여러 명의 분열체들이 등장합니다. 그러니까 영이에게는 순이라는 분열된 자아가 있습니다. 순이는 영이가 아버지의 폭력에 고통받을 때 나타나 안아주었고, 그 덕에 영이는 살 수 있었습니다. 그러니까, 김사과에게 있어 분열은 출구 없는 세계에 있는 작은 숨통 같은 것일 수도 있겠습니다.

2. 세련된 자본주의가 감춘 것

출구를 찾아: 「더 나쁜 쪽으로」

김사과는 2005년 등단한 이래로 세계 대도시를 오가면서 글을 써왔습니다. 그런데 작가는 이러한 여행을 통해 정말로 국경 바깥을 나갔다고 실감하는 것 같지는 않습니다. 차라리 매번 실망하고 있는 듯한데요. 서울, 뉴욕, 런던, 도쿄 등 여러 대도시가 모두 닮은 꼴이기 때문입니다. 초국적 자본주의는 대도시를 같게 만들어 버렸습니다. 따라서, 2000년대 이후 작가들에게 진정한 의미의 '국경'을 넘는 것은 더욱 어려운 일이 되어 버렸습니다. 단순히 비행기를 타고 국경을 넘는 것만으로는 한국사회를 보는 다른 시차(視差)를 확보하기 어려워졌다는 말입니다. 하지만 그럼에도 불구하고 김사과의 작품들은 끊임없이 현재의 상황을 다르게 보려고 노력하고 있습니다.

「더 나쁜 쪽으로」는 바로 이러한 딜레마, 다른 시차(視差)를 확보하기 힘든 상황을 주제로 하고 있습니다. 소설은 꿈 이야기로 시작합니다. 꿈속의 '나'는 새가 되어 높은 탑에서 거리를 조망했습니다. 거리를 부감하는 것은 더 멀리서 큰 그림을 보고 싶다는 욕망이기도 합니다. 물론 이 꿈은 오래 가지 않습니다. 다음 장면에서 '나'는 '새'도 '인간'도 아닌 것이 되었다가 '거리'로 스며들어 거리의 모든 것을 느끼면서 잠에서 깨어납니다. 이런 꿈을 꾸고 난 후 화자는 원래 가진 지도를 버리고, 다른 길을 만들어 보려고 하지만, 그것이 쉽지 않았다고, 아무리 헤매어 봐야 겨우 "한발자국 옆으로 움직인 것일 뿐"김사과, 「더 나쁜 쪽으로」, 14쪽이라고 말합니다. 이것은 이 소설에 등장하는 '나'의 이야기이기도 하지만, '다른 세계'로 난 출구를 상상해 보려고 했던 김사과 자신의 이야기로도 들립니다.

물론 단순히 높은 곳에 올라가는 것만으로 혹은 국경을 넘어 다른 공간으로 가는 것만으로 다른 출구를 찾을 수는 없습니다. 그리고 이런 출구 없음의 답답함은 김사과의 소설에서 자주 분노로 표출됩니다. 자본주의의 냉혹한 생존게임에 좌절하고 비명을 지르는 인물들이 등장하는 겁니다. 하지만 다른 한편에서는 이런 세상에 대해 분노를 터뜨리면서도 계속 글을 쓰는 인물들이 있습니다.

「더 나쁜 쪽으로」으로의 '나'도 그런 인물입니다. 이 인물은 한때 독재시대의 산물이었으나 이제는 '힙한 공간'이 되어 버린 장소에서 튀쳐 나와 '더 나쁜 쪽으로' 향하는 사람입니다. 정확히 어디로 가야 이 악몽이 끝나는지는 모르지만, 어디든 헤매고 있고, 뭔가 쓰는 존재입니다. 물론 이 행동은 꽤나 위험해 보이고, 때때로 절망이 너무 커서 계속 이렇게 헤맬 수 있을까 걱정도 됩니다. 하지만, 그럼에도 이 혼돈의 파티 안에서 그것을 비판적으로 보려고 한다는 것만은 분명합니다. 그 안이 아닌 바깥에서 관망하듯이 이 힙한 공간의 젊은이들을 본다면, 현재를 파악하는 일은 요원한 것이 됩니다.

그렇다면 지금 '나'는 어디에 서 있을까요. '나'가 쓰고 있다는 글에 그 힌트가 있습니다. '나'는 '테이트 모던에 대하여'라는 글을 쓰고 있습니다. 테이트 모던은 지금은 현대 미술의 상징적인 공간으로 유명한 박물관이지만, 원래는 2차 세계 대전 이후로 높아진 전력 수요에 대응하기 위한 화력 발전소였습니다. 하지만 공해 문제로 문을 닫았고 쇠락한 이 공간을 거대 자본이 박물관으로 탈바꿈시킨 것입니다. 덕분에 주변까지 '힙한 동네'가 되었습니다. 사람들은 냄새 나는 오염물질을 내뿜던 공장이 깨끗하게 되었다고 칭송합니다.

하지만 '나'는 분노하면서 글을 씁니다. 낡은 공장이 세련된 문화 시설이 되면서 가려 버린 것이 있다는 겁니다. '나'는 테이트 모던 같은 공간 때문에 "사람들은 더 이상 공장에서 노동운동"을 연상하지 않고 "세상은 미학적 가능성으로 차고 넘치"_{김사과, 「더 나쁜 쪽으로」, 26~27쪽}는 것처럼 말하고 있다고 비판합니다. 하지만, 기계가 돌아가는 공장, 물건을 생산하는 육체가 완전히 사라진 것이 아니지요. 더 값싼 노동력을 찾아 지구 저편으로 자본이 이전했을 뿐 공장과 육체노동은 계속되고 있습니다. 게다가 그러한 것들이 밀려나고 자리잡은 '힙한 공간' 역시 유명세를 타고, 비싸게 팔리고, 재개발 되고, 누군가는 그 과정에서 밀려나고 있습니다. 공장이 사라진 자리에서도 자본의 축적 운동은 교묘하게 바뀐 상태로 진행되고 있는 거죠.

'힙스터 문화'가 빼앗아간 것: 「박승준씨의 경우」

『더 나쁜 쪽으로』라는 소설집은 보통의 한국 단편소설집과 다르게 1, 2, 3부라는 형식을 취하고 있습니다. 각 단편이 따로 완결성을 가지고 존재한다기보다는 순서에 맞게 배치되었을 때 비로소 그 의미가 분명해지는 형식입니다. 이 책의 1부에는 앞서 살펴본 「더 나쁜 쪽으로」와 같은 단편이 포함되는데요. 여기에는 한국사회를 비교적 멀리서 조망하듯 바라본 소설들이 자리 잡고 있습니다. 2부는 한국사회를 좀 더 가까이에서 관찰한 이야기이고 1부보다 서사가 분명한 편입니다. 김사과 소설을 읽다 보면 인물들의 복잡한 내면 같은 것이 중요하지 않다는 것, 애초에 작가의 관심사에 그런 것이 들어 있지 않다는 것을 느낄 때가 많습니다. 여기에서 소개할 「박승준씨의 경우」도 그런 유형에 속합니다. 이 작품에는 특정한 설정 혹은 배경이 있고 인물들은 예측 가능한 범위 내에서 움직입니다. 이들은 그저 풍자적이고 교훈적인 성격을 가진 인물들로 마치 우화를 보는 듯합니다.

　「박승준씨의 경우」의 내용을 본격적으로 살펴보겠습니다. 비싼 사립대 등록금 때문에 옷 한 벌 제대로 사지 못하는 고시원 거주자 박승준 씨가 등장합니다. 그는 고시원 근처 목동 아파트 단지 의류 수거함에서 남들이 버린 옷을 몰래 주워다 입습니다. 그날도 언제나처럼 의류 수거함을 뒤지다가 명품 백을 하나 집어 옵니다. 그리고 그 안에는 거의 새것으로 보이는 회색 정장이 있었습니다. 다행히 그의 체격에 잘 어울렸고, 그는 이 정장을 입고 금요일 저녁 강남에 나가는데요. 거기서 박승준 씨를 같은 목동 주민이라 생각하는 김민영이라는 여자를 따라 파티에 가게 됩니다. 그런데 박승준 씨는 뜻하지 않게 파티에서 주목을 받는데요. 그가 걸친 정장 때문입니다. 누군가 그가 주워 입은 옷이 한국에 아직 출시 안된 명품 브랜드의 신상이라고 아는 척을 합니다.

정말 그럴 수도 있고 아닐 수도 있습니다. 하지만 중요한 것은 그가 특정 상표로 구별이 되는 옷을 입었다는 것이고, 이렇게 해서 세련된 무리에 박승준 씨는 끼게 됩니다. 그들은 박승준 씨가 입은 정장뿐 아니라, 그가 걸친 다른 낡은 아이템들을 모두 힙한 것으로 바꾸어 버립니다. 너무 오래 신어 너덜너덜해진 리복 운동화도 클래식 빈티지로 바꾸어 버리고, 역시 의류 수거함에서 주워 입은 티셔츠까지도 힙한 아이템으로 바꾸어 버립니다. 박승준 씨는 생전 처음 와본 호화로운 파티 분위기도 명품 상표를 들먹이면서 세련된 척하는 예술가 무리도 모두 어색하기만 합니다. 하지만, 어리둥절한 박승준 씨는 이들에 의해 '힙스터'로 명명됩니다.

　고시원에 사는 가난한 청년 박승준 씨가 강남의 세련된 젊은이들이 모인 파티에서 주목을 받고 있습니다. 마치 현대판 신데렐라를 보는 것 같은데요. 박승준 씨를 힙스터로 만든 것은 마법이 아니고, 다른 사람들의 생활을 패션으로 소비하는 '힙스터 문화' 때문입니다. 본래 힙스터라는 것은 주류에 저항하는 반문화의 형식을 띠는 것이었으나, 2000년대의 힙스터 문화는 상업화되어 더 이상 급진적이지도 반자본주의적이지도 않습니다. 힙스터 문화가 하위 문화를 표방한다고 하지만, 결국 주류가 되려는 욕망 자체에서 자유롭지 않습니다. 이들 힙스터들이 새로운 유행을 쫓는 모습을 보면 마치 좀비들 같습니다. 무서운 식욕을 보이며 새로운 상품들의 리스트를 먹어치웁니다. 힙스터들의 이런 끝없는 식욕은 사실 그 안이 텅 비어 있기 때문으로 이렇게 상표들의 리스트로 자신을 채우지 않으면 안 되는 거죠. 그런데 이 힙스터 좀비들은 사실 너무나 위험합니다. 왜냐하면 이들이 지나간 자리가 폐허가 되기 때문이죠. 특정 장소나 공간이 힙스터들의 놀이터가 되었다가 어느덧 이들이 실증이 날 때쯤에 되면 사람들은 모두 사라지고, 자본만 남게 되죠. 도시 주변부의 낙후된 지역이 힙한 곳으로 바뀌면서 원래의 주민들이 밀려나는 젠트리피케이션 현상과도 무관하지 않습니다.

갑자기 돌진한 고급 승용차가 박승준 씨를 덮치는 소설의 결말은 상징적입니다. 박승준 씨의 최후는 힙스터 문화에 부당하게 이용(exploitation)당한 도시의 풍경을 보여 주는 것 같습니다. 의류 수거함의 옷 한 벌이 그를 힙스터들의 놀이터에 초대한 초대장이 되었으나, 그 유효기간은 너무나 짧았던 것 같습니다.

불평등 사회의 혐오: 「카레가 있는 책상」

「카레가 있는 책상」은 불평등이 심화되는 사회에서 두드러지게 나타나는 혐오의 감정을 보여 줍니다. '나' 역시 앞서 살핀 박승준 씨 경우처럼 고시원에 살고 있고, 학자금 대출로 생긴 빚이 있습니다. 값싼 가격에 주거를 해결할 수 있다는 점에서 가난한 청년에게는 고시원만 한 공간이 없죠. '나'는 자주 인스턴트 '카레'로 끼니를 해결하는데요. 역시 값싸고 간편하다는 이유 때문이지요. 그런데 이 식습관 때문에 곤경에 처합니다. '나'는 지난 주말 샤워실에서 방으로 가는 길에 갑자기 나타난 남자들에게 린치를 당합니다. 그들은 '나'에게 미지근한 카레를 쏟고 마구 때렸습니다.

'나'에게 카레 린치를 가한 이들의 논리는 '혐오'의 감정과 닮아 있습니다. '혐오'의 감정은 동물적인 특성을 특정 집단에 결부시키는 식으로 작동합니다. 그들은 '나'를 '인도에서 온 외국인 노동자'라고 놀렸습니다. 이때 혐오하는 대상에게 특정 냄새가 나고 안 나고는 중요하지 않습니다. "특정 집단을 격하시키는 한 가지 확실한 방법은 그들을 완전한 인간과 단순한 동물 사이의 지위에 위치시키는 것이다"[마사 너스바움, 『혐오와 수치심』, 조계원 옮김, 민음사, 2015, 206쪽]. 그리하여 자기 자신은, 그러니까 혐오의 주체인 자신들은 마치 완전무결하다는 우월감을 획득하게 되고요. 이들의 사고방식에 따른 위계관계는 "인간 – 혐오대상 – 동물" 순서라고 할 수 있습니다. 「카레가 있는 책상」에서도 마찬가지인 것이, 그저 자신들의 '완전무결함'을 위해 혐오의 대상이 필요했던 것이고, 린치의 피해자가 된 '나'가 바로 그 대상이 된 것이죠.

그런데, 흥미로운 것은 '혐오'라는 단어를 '혐오'의 대상이기도 했던, 즉 피해자라 할 수 있는 '나'가 누구보다 자주 쓴다는 것입니다. '나'는 혐오라는 감정의 동학을 누구보다 잘 보여 줍니다. '나'는 버블티 가게에서 아르바이트하는 여성을 혼자 좋아하는데요. 하지만 그녀는 아무말도 안 하는 그의 감정을 알 수가 없고, 당연히 그에게 별 관심이 없습니다. '나'는 비싼 버블티 가격에 그녀를 자주 보러 가지 못하고, 여자 입장에서는 스토커와 크게 다를 게 없습니다. 이런 상황에서 '나'는 그녀의 거절에 상처를 입지 않기 위해 '혐오' 기제를 이용하지요.

그가 고시원 생활을 하는 것이나, 제대로 식사를 못 하고 즉석 카레로 식사를 해결해야 하는 것이나, 모두 '버블티 가게' 여자와는 상관이 없습니다. 비싼 등록금, 높은 실업률, 주거난 등이 겹쳐져서 일어난 것이죠. 이렇게 그가 비난의 화살을 돌려야 할 것은 너무나 많지만, 그의 분노는 이상한 곳을 겨냥합니다. 그는 상처받지 않기 위해 먼저 다른 사람을 '혐오'하기로 결심한 것이죠. 그는 자신이 좋아하는 여자의 이미지를 격하시키고, 자신이 못나서 여자에게 접근하지 못한 게 아니라고 안도합니다. 그러면서 그는 어째서 인간이 "혐오할 가치가 있는"김사과, 「카레가 있는 책상」, 133쪽지 장황한 논리를 설파하기도 합니다.

'나'의 이러한 논리는 매우 위험합니다. 린치의 피해자인 '나' 역시 '혐오'의 감정을 다른 사람으로부터 자신을 보호하는 데 사용하고 있는 것이지요. 이렇게 혐오에 또 다른 혐오로 맞서는 '나'는 부조리한 현실 바깥으로 나갈 수 없습니다. 얼마 후 '나'는 린치의 대상이 같은 고시원의 조선족 학생으로 바뀐 것을 알게 됩니다. '나'는 흐느끼는 소리가 "분명 조선족 학생"김사과, 「카레가 있는 책상」, 142쪽의 소리라고 생각하지만, 밖에 나가지 않고 못 들은 척합니다. 그리고 그다음 날 조선족 학생이 죽었다는 기사를 확인합니다. 하지만, '나'는 애써 이런 일은 어디에서도 일어날 수 있다고, 꼭 '나'가 침묵해서 어제 그 학생이 죽은 것은 아닐 것이라고 합리화하면서 이불 속으로 더 깊이 파고듭니다.

3. 생존전략만 남은 자동인형

양극화된 세계

『N. E. W.』는 김사과의 여섯번째 장편소설인데요. 이번에는 재벌가가 등장합니다. 앞서 김사과는 주로 대학 교육을 받은 젊은 세대를 등장시켜서 한국사회의 불평등 문제를 부각시켰습니다. 이때 등장하는 젊은 세대는 매우 전형적이었습니다. 전형적이라는 것은 한 인물이 특정 시대를 대표할 만큼 그 본질을 잘 드러냈다는 말입니다. 김사과의 소설에 등장하는 인물 대부분은 수도권에 있는 대학을 나왔지만, 임금 소득만으로는 도시에서 여유로운 생활을 할 수 없습니다. 부모 세대의 희생으로 대학 교육까지 받았지만, 어쩌면 부모 세대보다 더 낮은 계급으로 추락할지도 모른다는 불안이 있었습니다.

그런데 이번에는 재벌입니다. 높아지는 빈부격차 속에서 상대적 박탈감을 느끼는 사람들이 선망하면서도 질투하는 계급을 등장시킨 것이죠. 텔레비전 드라마에 나올 법한 재벌 2세가 등장하는 치정극입니다. 이 소설 속 재벌은 한국 기업의 체질 변화를 반영한 것처럼 보입니다 원래는 제조업이 주력이었으나, 2000년대 초반에 투자·서비스 분야로 혁신을 이루고 체질 개선을 했다는 점에서 그렇습니다. 이 재벌 기업의 오너로 정대철이라는 사람이 등장하는데요. 이 인물은 이렇게 일찌감치 변화하는 경제 흐름에 발맞추어 기업을 경영하여 2008년 미국발 금융 위기도 별 탈 없이 이겨 낸 것으로 나옵니다.

이 정대철이라는 기업인이 '메종드레브'라는 대규모 주거단지를 수도권 부근의 신도시에 만듭니다. 이 단지는 양극화된 세계의 축소판입니다. 200평짜리 고급 펜트하우스와 5평 원룸을 함께 조성하고, 단지 내 모든 성원의 기록을 수집하고 관리하는 시스템을 구축합니다. 여기에는 감시나 통제와 같은 거창한 의도 같은 게 없습니다. 그러니까 그냥 할 수 있으니까 그렇게 할 뿐, 굳이 이런 시스템을 운용하는 이유도 없고 이렇게 수집된 정보를 어떻게 활용하지도 않습니다. 애당초 메종드레브를 통해 큰 돈을 벌겠다는 욕심이 있는 것도 아니고, 그저 내가 꿈꾸는 세계를 내 마음대로 만들 수 있다는 것 자체가 기쁠 뿐입니다.

이렇게 한 부자의 망상이 만들어 낸 메종드레브라는 공간은 상이한 계급의 두 인물을 만나게 합니다. 재벌 2세 정지용은 아버지 정대철이 만든 이 이상한 신세계 메종드레브의 200평짜리 펜트하우스에서 신혼생활을 시작합니다. 그리고 역시 메종드레브의 입주민이지만, 5평짜리 원룸에 사는 이하나라는 여성을 만나게 됩니다. 그 결과 이야기는 불륜과 치정극으로 이어집니다.

신분상승에 대한 욕망

유튜버 이하나는 이십대 젊은 여성으로 고등학교 졸업 후에 공장에서 일한 돈을 들고 서울에 상경했지만, 줄곧 형편없는 월급을 받으면서 혼자 살아왔습니다. 다달이 월세 내기도 벅찬 생활이었죠. 그러다가 우연히 유튜브 채널을 열게 되었고, 예상 외로 '대박'이 났습니다. 채널은 "러블리 잠보 하나의 아무거나"인데요. 이름 그대로 별 콘셉트도 없습니다. 먹고 자고 그녀의 일상을 보여 주는 채널로 이하나는 술 주정을 하다가 잠이 든 영상으로 유명세를 얻었습니다. 그리고 메종드레브라는 주거단지로 입주할 때도 이 유튜브 채널의 도움을 좀 받았습니다. 입주에 앞서 입주자 면접까지 보는 곳이라 꽤 까다로웠지만, 이하나는 유튜브로 이 모든 과정을 중계까지 하면서 열심히 입주자 면접을 준비했고, 이는 기특한 노력으로 평가 받아 입주 자격을 얻을 수 있었습니다. 비록 다섯 평밖에 안되지만, 그녀는 메종드레브에서의 생활에 만족합니다.

그런데, 그녀에게 성공자라는 이상한 이름을 가진 남성이 새로운 목표를 제시합니다. 그는 이하나에게 'Top의 세계'라는 게 있다고, 상류층의 세계로 나가야 한다고 부추깁니다. 왜 이하나가 돈을 더 많이 벌어야 하는지 그런 이유 같은 것도 없고, "돈이 많으면 날마다 맛있는 거 먹을 수 있지"라는 대답은 궁색하기만 합니다. 또한 구체적으로 무엇을 어떻게 해야 'Top의 세계'에 진출한다는 것인지도 분명하지 않습니다.

처음엔 현재에 만족해선 안된다는 성공자의 말이 이해가 안 됐지만, 차차 이하나는 그 말에 귀를 기울입니다. 이하나 역시 언제까지 유튜브만 믿고 살 순 없다는 것을 잘 알고 있습니다. 지금이야 귀여운 잠옷을 입고 방송 중에 잠이 드는 그녀의 모습을 보면서도 좋아하는 관객들 덕에 조회수 유지는 되겠으나, 언젠가는 관객들도 싫증이 나고 떠나게 될 겁니다. 그러고 나면 이하나에게 남는 게 없죠. 그리하여 성공자의 지도를 받으면서 이하나는 Top이 되기 위한 성공자의 계획에 합류합니다. 물론 이들의 계획이라는 게 별로 대단한 것은 아니고, 비싼 호텔에서 밥을 먹고, 비싼 브랜드의 상품 혹은 그것을 카피한 상품을 소비하는 것입니다. 어쨌든 이하나는 이렇게 하여 재벌 2세 정지용의 눈에 들게 되고 그의 정부(情婦)가 됩니다. 물론 정지용이 이하나의 아름다움이나 상류층이 다니는 호텔에 드나드는 세련됨에 반한 것은 아니고, 이하나가 걸친 이미테이션들이 그에게는 신선한 충격을 주었기 때문이라고 말하는 게 맞지만 말입니다.

자본주의 사회에서 신분상승을 꿈꾸는 젊은이의 이야기는 문학 작품에서 자주 등장하는 이야기로, 19세기 파리의 자본주의 사회를 그린 발자크의 단골 주제이기도 합니다. 발자크(Honore de Balzac)의 『고리오 영감』에는 외젠 라스티냐크라는 프랑스 남부 시골에서 파리로 올라온 청년이 등장합니다. 가족들은 그가 법률가로 성공하기만을 기대하지만, 막상 외젠 라스티냐크가 파리에 와보니 법대를 나와서는 성공이라고 할 만한 생활을 하지 못한다는 것을 알게 됩니다. 발자크는 이 소설에서 의도적으로 "좀 더 품위 있는 생활을 하기 위해 그 20~30배의 비용이 드는 세계를 묘사"토마 피케티, 『21세기 자본』, 장경덕 옮김, 글항아리, 2014, 133쪽하고 있습니다. 결국 파리에서 그럴듯하게 살기 위해서 성실히 일해서 번 돈으로 불충분하고, 상속 받은 재산이 많거나, 돈이 많은 후견인이 있어야 한다는 거죠. 라스티냐크에게 이 냉혹한 진실을 알려주고 법률가가 되는 대신 부자의 상속 재산을 노린 범죄를 저지르자고 유혹하는 사람은 범죄자 보트랭입니다.

발자크의 19세기 소설에서 성공을 꿈꾸는 젊은이가 법대에 갔다면, 이제 21세기 서울에서는 유튜브 채널을 가지고 있습니다. 그리고, 순진한 시골 청년 라스티냐크에게 파리에서 살아남기 위해선 차라리 범죄를 저지르는 게 더 빠르다고 부추기는 보트랭이 있었듯이, 이제 21세기 유튜버 이하나에게는 재벌 2세를 꼬시자고 부추기는 성공자라는 인물이 있습니다. 그리고 결과적으로 이 작전은 성공하였고, 이하나는 성공자 말대로 매일 명품 옷을 걸치고 맛있는 것을 먹는 생활을 즐깁니다.

하지만 이런 생활이 그녀를 완전히 충족시켜 줬는가 하면 그렇지도 않습니다. 물질은 넘쳐나지만 공허합니다. 정지용이 유부남이라는 것을 생각하면 두 사람 관계는 결혼을 위협하는 부적절한 관계인데, 원래의 결혼을 깰 정도로 열정적인 감정이 오가거나 하는 것도 아닙니다. 매우 절제되어 있다고 할까요. 감정적으로 어떤 선을 넘지 않습니다. 이것은 두 사람이 모두 절제를 해서라기보다는 원래 감정이나 열정 같은 게 없어서인 것 같습니다. 정지용에게 이하나는 "약간의 호기심과 기분 좋은 느낌"김사과, 『N. E. W.』, 142쪽일 뿐이고, 이하나에게 정지용은 한도 무제한의 카드 같은 것이라고 할 수 있습니다.

텅빈 밀레니얼

정지용은 1991년생으로 소련이 붕괴하기 이틀 전에 태어났습니다. 그가 태어나자마자 사회주의가 붕괴하고 자본주의의 천국이 펼쳐진 셈이니 재벌 2세로서는 최고의 조건에 태어났다고 할 수 있습니다. 그는 '밀레니얼 세대'이기도 합니다. 밀레니얼 세대는 주로 1981년부터 1995년 사이에 태어나 새로운 밀레니얼인 2000년대 이후에 성인이 된 세대를 부르는 말입니다. 정지용도 그렇고 그의 부인인 최영주, 그리고 하층계급인 이하나까지. 모두 밀레니얼 세대입니다.

정지용 부부와 이하나는 계급적으로는 완전히 다른 양극단에 놓여 있지만, 사실 정신적으로 성숙하지 않다는 점에서는 크게 다르지 않습니다. 정지용 부부가 학벌은 이하나보다 높지만, 지적 수준은 사실 높지 않고, 그저 부모나 선생들이 하라는 대로 한 것이지 별다른 생각이 있어서 높은 교육을 받은 것은 아닙니다.

겉보기에는 완벽한 스펙을 갖춘 데다가 외모도 준수하지만, 맞선 복장까지 어머니가 정해 줄 정도로 주체성이 떨어지는 인물이 최영주입니다. 감정 역시 결여되어 있습니다. 누군가에게 친밀감을 느끼고, 배타적인 감정을 나누고 그런 것도 없죠. 재벌 2세와 결혼하는 것도 스스로 좋아서 선택한 것이라기보다는 부모가 좋은 것이라고 알려줘서 좋은 것이 된 상태랄까요. SNS를 하는 이유도 유사합니다. 최영주는 결혼 후 찾아온 공허감에 SNS에 사진을 올리고, 좋아요라는 피드백을 보고서야, 자신이 좋은 상태라는 것을 확인합니다. 그러니까 자신의 상태에 대해서도 스스로 판단할 수가 없고, 다른 사람의 판단에 맡기는 것이죠. 최영주는 남편의 불륜을 알고서도 크게 동요하지 않습니다. 계획적으로 증거를 모으고, 자신의 안위를 챙기는 데 바쁘죠. 그리고 몇 벌의 옷이나 신발을 구입했다가 버리는 것으로 배신당한 아내 연기를 해내는 게 다입니다.

이하나의 경우 정지용이나 최영주처럼 돈 많은 부모에게 기댈 수 있는 것은 아니지만, 역시 타인에게 의존적이고, 인터넷 세상이 없이는 자신을 정의할 수 없다는 점에서는 마찬가지입니다. 그녀가 프릴 달린 블라우스를 좋아하는 것은 유튜브 관객들 때문이죠. 그녀는 "자동수면녀"라는 이미지에 맞춰서 행동해야지, 그 이미지를 벗어나면 안 됩니다. 하지만 그 이미지 외에 그녀가 감추고 있는 본래 얼굴이 있는 것도 아닙니다. 유튜브 바깥에 이하나라는 자연인이 따로 있는 것도 아니죠. 최영주가 '좋아요'라는 말에 의존하듯, 이하나 역시 그녀를 "자동수면녀"라고 부르는 유튜브 팬들의 호응에 의존하고 있습니다.

'식인'이라는 냉혹한 결말

그런데 이 텅빈 영혼의 소유자들, 뜨거운 열정도 사랑도 없고, 예의바르기만 한 이 세 밀레니얼들의 이야기의 결말은 냉혹하기만 합니다. 재벌 2세의 애인이 되었다지만, 이하나가 하는 거라고는 명품 옷 쇼핑에 비싼 음식 먹는 게 답니다. 하지만 그 대가는 혹독해서 한 쪽 팔을 잃게 됩니다. 매우 엽기적인 결말이죠. 정지용이 왜 이하나의 팔을 훼손하는지 합당한 이유 같은 것은 없습니다. 다만, 이하나나 독자들이 상상했던 것보다는 정지용이라는 인물이 멍청하고 순진했던 것만은 아닌 게 분명합니다.

이 결말은 정지용이나 최영주 같은 인물들이 영혼도 생각도 없어 보이는 잘 사는 집 아이들 같지만, 사실 매우 무서운 인물들이라는 것을 말하는 것 같습니다. 이들은 다른 건 몰라도 자본주의의 법칙, 먹고 먹히는 먹이사슬 관계만큼은 너무나 잘 이해하고 있죠. 그래서 최영주는 자기가 낳은 아이를, 정지용은 이하나를 희생시킴으로써 자기의 자리를 굳건히 지킵니다.

김사과의 이 장편소설은 언뜻 보기에는 엽기적인 범죄

를 저지르는 재벌가, 아무 생각 없어 보이는 밀레니얼 세대 재벌 2세, 그리고 재벌 사회를 선망하다가 상처를 입는 하층 계급의 이야기라는 익숙한 서사를 가져왔습니다. 이는 현재 한국사회에서 유행하는 드라마 서사와도 닮아 보입니다. 하지만 텔레비전 드라마처럼 단숨에 몰입되지는 않습니다. 왜 그럴까요. 단적으로는 사람들이 텔레비전으로 볼 때 느끼는 즐거움, 눈요기가 없기 때문이겠죠. 대부분의 사람들이 명품 패션과 호사스러운 생활을 책으로 읽기보다는 영상으로 즐기는 편을 선택할 것입니다. 또 다른 이유는 이 소설이 재벌가가 특정 계급을 착취하면서 살아남고 있다는 잔혹한 '식인의 법칙'을 이야기하기 때문으로 보입니다. 관객 입장에서는 상류층의 막장 드라마를 보면서 그들의 이상한 성격에 대해 뒷담화를 하고 싶지, 자본주의의 냉혹한 질서를 내면화한 재벌가 2세의 본모습에 대해 직면하는 것은 피하고 싶을 테니까 말입니다. 『N. E. W.』는 양극화된 세계에 대한 지독한 풍자입니다. 때로는 소설 속 인물들이 너무나 우스꽝스럽고 한심해 보이기도 하고, 텅빈 영혼이 애처로울 정도입니다. 하지만 역시 다른 사람을 밟고 올라가는 생존 본능, 식인 본능만큼은 살아 있는 세계를 그리고 있다는 점에선 결코 편히 읽을 수 없는 이야기이기도 합니다.

마치며

이 책에서는 1950년대 작가 손창섭부터 2000년대 이후에 발표된 김사과의 소설까지를 다루면서, 소설이 반영하고 있는 당대의 시대상을 함께 살펴보았습니다. 동시대의 경제적 변화가 한 편의 소설이 생산되는 데 밀접한 영향을 주었으리라는 가정하에 작품을 선택하고 분석하였는데요. 이 책에서 다룬 시대를 대략 구분해 보자면, ① 한국전쟁 이후(1950년대), ② 고도성장기(1960~70년대), ③ 소비사회(1980년대 이후), 그리고 ④ 신자유주의(1990년대 이후부터 현재까지). 이렇게 크게 네 시기로 구분해 볼 수 있습니다.

가장 먼저 살핀 작품은 손창섭의 1950년대 단편소설입니다. 한국전쟁은 수많은 인명피해를 낳았을 뿐 아니라, 전통사회를 이루는 관념과 경제적·사회적 기반 모두를 뒤흔들었습니다. 미망인, 고아, 부랑자, 도망병 등, 전쟁과 함께 전통적 사회에서 이탈된 도시 빈민들이 손창섭 소설의 주인공들입니다. 물론 손창섭 단편소설의 의미는 전후의 비참상을 전달하는 것에서 그치지 않습니다. 무엇보다 전후에 적나라하게 만연하기 시작해 이후 한국사회의 일반적 태도가 된 속물성의 등장을 비판적으로 그려 내고 있다는 점에 주목할 필요가 있습니다. 예컨대, 손창섭은 미국이라는 표상의 지배를 받는 속물들을 그리고 있습니다. 주린 배를 움켜쥐고서도 미국을 외치면서 내일을 꿈꾸는(「미해결의 장」) 모습은, 현실의 비참함을 한 번의 "기회(미국)"로 이겨 내려고 한다는 점에서 "잔혹한 낙관주의"(로렌 벌랜트)에 사로잡혀 있다고 할 수 있습니다. 손창섭이 비판적으로 묘사하고 있는 기회주의적 태도는 이후 1960년대 이후 경제성장 정책이 시작되면서 보편화된 속물적 태도의 원형이라는 점에서도 주목할 필요가 있어 보입니다.

1960년대 초 군부정권은 '조국 근대화'를 내세웠습니다. 조국 근대화의 주요 내용은 경제성장으로 이 시기부터 산업화·도시화 정책이 본격적으로 시작되었습니다. 이 책에서 김승옥과 이청준의 1960년대 작품을 통해 고향(시골, 지방)의 기대를 받으며 서울로 올라온 남성 지식인(대학생)의 시선에 주목했습니다. 두 작가의 당대 비판이 소설로 형상화될 때 중요한 차이 중의 하나는 김승옥의 경우엔 '위악'을 통해 이청준의 경우엔 '병증'(증상)을 통해 저항 의식이 표현되었다는 것입니다.

고도성장 정책의 부작용이 본격적으로 가시화된 것은 1970년대 초부터입니다. 고도성장 정책이 억압하고 희생을 강요한 공간, 그리하여 언제든 모순이 터져나올 수밖에 없는 공간을 황석영의 1970년대 작품을 통해 확인할 수 있습니다. 이전의 한국 소설에서는 좀처럼 본격적으로 조명되지 못했던 도시빈민, 날품팔이꾼, 공장노동자 등의 주변부 인물이 황석영의 소설에 등장합니다. 이들은 전근대적 농촌사회에서라면 없었을 인물로 수출 위주의 경제발전계획에 의해 밀려나면서 새롭게 등장한 인물군이기도 합니다. 흥미로운 것 중 하나는 한 곳에 정착하지 못하는 이들이 겪는 불안과 고통이 '남성성의 위기'로 표현된다는 것이죠.

1970년대 형성된 도시 중산층 계급의 현실과 욕망은 박완서의 작품을 통해 살펴볼 수 있습니다. 이 시기 박완서의 작품에서 문제적으로 등장하는 것 중 하나는 강남개발과 함께 등장한 투기 열풍입니다. 이때부터 아파트(집)는 살기 위한 공간이 아니라, 자산 가치로서 의미를 갖는 욕망의 대상이 됩니다. 박완서는 이런 '자본을 낳는 자본'(부동산 투기, 이자 놀이 등)에 대한 욕망을 작품 속에서 가차 없이 비판하는데, 이런 비판적인 관점은 1980년대 한국사회를 뒤흔들었던 '이산가족'의 문제를 다루는 소설들까지 이어집니다. 1983년 이산가족찾기 방송이 한창일 때 발표한『그 해 겨울은 따뜻했네』,「재이산」,「비애의 장」등의 작품은 이산가족의 아픔을 멜로드라마적으로 소비하는 당대의 미디어와 속물성에 대해 거리를 두고 있습니다. 이러한 거리두기는 전쟁을 망각하고 먹고살기에 바빴던 세월에 대한 비판에서 비롯된 것이라고도 할 수 있습니다.

1960~70년대 고도성장기 한국사회에 대한 비판은 1990년대들어 회상의 형식으로 계속됩니다. 1990년대 중반 발표된 신경숙의『외딴 방』은 고도성장기 한국사회를 회상의 형식으로 재현하면서, 경제성장이라는 하나의 목표를 향해 달려가는 과정에서 희생된 것은 무엇인지를 돌아보게 하는 반성의 서사입니다.『외딴 방』이 발표된 1990년대 중반은 한국이 OECD에 가입하고, 세계화 바람이 불던 때이기도 합니다. 모두들 경제대국의 단꿈을 꾸고 있을 때, 그러한 세태의 이면을 살피고 비판적으로 고찰하고 있다는 점에서 신경

숙의 작품은 의미를 갖습니다.

이렇게 1900년대가 끝나고, 마지막 2000년대부터 현재까지의 시기를 살피기 위해 선택한 작가는 김사과입니다. IMF 금융위기 사태 이후 한국사회에서 만연한 금융화된 자본주의, 불평등, 혐오의 감정은 이전 시대와는 근본적으로 다른 분위기를 띠고 있고, 이러한 위기의 증후를 2000년대를 대표하는 김사과의 소설이 잘 드러내 보여 주고 있다고 생각했습니다.

우리가 살아가고 있는 세계는 김사과의 작품들이 보여주고 있는 것처럼, 생존전략만 남은 출구 없는 세계일지도 모르겠습니다. 한국사회가 오늘에 이르는 동안 묻어 버리고, 망각해 버린 것들이 우리가 나아갈 출구를 하나씩 막아 버린 것은 아닐까, 라고 생각해 봅니다. 묻혀 있던 것을 하나씩 파내어 기억하고, 애도하고, 치유할 때, 어떤 출구가 새롭게 모습을 드러내지 않을까요? 이 책에서는 '소설'이라는 매개를 통해 그러한 작업을 해보고자 했습니다. 성공적이었다고 자신할 수는 없지만, 독자들이 길을 찾는 데 조금이라도 도움이 되기를 바랍니다. 이상으로 강의를 마치겠습니다

참고문헌

1강 _ 잉여인간들의 전후(戰後) : 손창섭

손창섭.「공휴일」(1952),『손창섭 단편전집 1』, 가람기획, 2005.

_____.「비 오는 날」(1953),『손창섭 단편전집 1』, 가람기획, 2005.

_____.「생활적」(1953),『손창섭 단편전집 1』, 가람기획, 2005.

_____.「혈서」(1955),『손창섭 단편전집 1』, 가람기획, 2005.

_____.「미해결의 장」(1955),『손창섭 단편전집 1』, 가람기획, 2005.

_____.「잉여인간」(1958),『손창섭 단편전집 2』, 가람기획, 2005.

_____.「신의 희작」(1961),『손창섭 단편전집 2』, 가람기획, 2005.

_____.「아마추어 작가의 변」(1965),『손창섭 단편전집 2』, 가람기획, 2005.

문화.『전후소설에 나타난 '인간동물' 양상 연구: 사카구치 안고와 손창섭의 작품을 중심으로』, 서울대 문학석사논문, 2016.

벌랜트, 로렌.「잔혹한 낙관주의」, 최성희 외 역,『정동이론』, 갈무리, 2015.

이임하.『여성, 전쟁을 넘어 일어서다: 한국 전쟁과 젠더』, 서해문집, 2004.

2강 _ 순수와 범속 사이의 위악 : 김승옥

김승옥.「생명연습」(1962),『무진기행: 김승옥 소설 전집 1』, 문학동네, 2004.

_____.「건」(1962),『무진기행: 김승옥 소설 전집 1』, 문학동네, 2004.

_____.「환상수첩」(1962),『환상수첩: 김승옥 소설 전집 2』, 문학동네,

2004.

_____. 「역사」(1964), 『무진기행: 김승옥 소설 전집 1』, 문학동네, 2004.

_____. 「무진기행」(1964), 『무진기행: 김승옥 소설 전집 1』, 문학동네, 2004.

_____. 「서울 1964년 겨울」(1965), 『무진기행: 김승옥 소설 전집 1』, 문학동네, 2004.

_____. 「염소는 힘이 세다」(1966), 『무진기행: 김승옥 소설 전집 1』, 문학동네, 2004.

_____. 「야행」(1969), 『무진기행: 김승옥 소설 전집 1』, 문학동네, 2004.

_____. 「작가의 말: 나와 소설 쓰기」(1995), 『무진기행: 김승옥 소설 전집 1』, 문학동네, 2004.

신경숙. 「내가 읽은 김승옥: 스무 살에 만난 빛」, 『무진기행: 김승옥 소설 전집 1』, 문학동네, 2004.

유종호. 「감수성의 혁명」, 『유종호 전집 1』, 민음사, 1995.

프로이트, 지그문트. 『문명 속의 불만』, 김석희 역, 열린책들, 2004.

3강 _ 고향의 상실과 자아의 망실 : 이청준

이청준. 「퇴원」(1965), 『병신과 머저리: 이청준 전집 1권』, 문학과 지성사, 2010.

_____. 「줄광대」(1966), 『병신과 머저리: 이청준 전집 1권』, 문학과 지성사, 2010.

_____. 「병신과 머저리」(1966), 『병신과 머저리: 이청준 전집 1권』, 문학과 지성사, 2010.

_____. 「매잡이」(1968), 『병신과 머저리: 이청준 전집 2권』, 문학과 지성사,

2010.

_____. 「소문의 벽」(1971), 『소문의 벽: 이청준 전집 4』, 문학과 지성사, 2011.

_____. 「귀향연습」(1972), 『가면의 꿈: 이청준 전집 7』, 문학과 지성사, 2011.

_____. 「눈길」(1977), 『눈길: 이청준 전집 13』, 문학과 지성사, 2012.

_____. 「불 머금은 항아리」(1977), 『눈길: 이청준 전집 13』, 문학과 지성사, 2012.

_____. 「내쫓긴 자의 귀향」, 『아름다운 흉터』, 열림원, 2004.

울프, 버지니아. 『댈러웨이 부인』, 최애리 역, 열린책들, 2009.

4강 _ 자본의 증식과 떠도는 사람들 : 황석영

황석영. 「입석부근」(1962), 『객지: 황석영 중단편전집 1』, 창비, 2001.

_____. 「탑」(1970), 『객지: 황석영 중단편전집 1』, 창비, 2001.

_____. 「객지」(1971), 『객지: 황석영 중단편전집 1』, 창비, 2001.

_____. 「낙타누깔」(1972), 『삼포 가는 길: 황석영 중단편전집 2』, 창비, 2001.

_____. 「밀살」(1972), 『삼포 가는 길: 황석영 중단편전집 2』, 창비, 2001.

_____. 「삼포 가는 길」(1973), 『삼포 가는 길: 황석영 중단편전집 2』, 창비, 2001.

_____. 「돼지꿈」(1973), 『삼포 가는 길: 황석영 중단편전집 2』, 창비, 2001.

_____. 「장사의 꿈」(1974), 『몰개월의 새: 황석영 중단편전집 3』, 창비, 2001.

_____. 『수인 1』, 문학동네, 2017.

_____. 『수인 2』, 문학동네, 2017.

이병천.『한국 자본주의 만들기: 압축과 불균형의 이중주』, 해남, 2020.

한홍구.「베트남 파병과 병영국가의 길」, 이병천 엮음,『개발독재와 박정희
시대: 우리 시대의 정치경제적 기원』, 창비, 2003.

5강 _ 불공정 사회의 속물들 : 박완서

박완서.「세모」(1971),『부끄러움을 가르칩니다: 박완서 단편소설전집1』, 문
학동네, 2014.

_____.「지렁이 울음소리」(1973),『부끄러움을 가르칩니다: 박완서 단편소
설전집1』, 문학동네, 2014.

_____.「부끄러움을 가르칩니다」(1974),『부끄러움을 가르칩니다: 박완서
단편소설전집1』, 문학동네, 2014.

_____.「서글픈 순방」(1975),『부끄러움을 가르칩니다: 박완서 단편소설전
집1』, 문학동네, 2014.

_____.『휘청거리는 오후 1』(1976), 세계사, 2012.

_____.『휘청거리는 오후 2』(1976), 세계사, 2012.

_____.「낙토의 아이들」(1978),『배반의 여름: 박완서 단편소설전집2』, 문
학동네, 2014.

가라타니 고진.『트랜스크리틱』, 이신철 역, 도서출판b, 2013.

신장철.「한국의 수출드라이버 정책과 종합상사제도 도입에 관한 연구」,
『유라시아연구』12.3, 2015.

한형성.「1970년대 한국가정의 경제생활」, 역사학연구소,『역사연구』37,
2019. 12.

황병주.「박정희와 근대적 출세 욕망」,『역사비평』2009년 겨울호(통권 89
호), 2009.

6강 _ 전쟁과 망각과 재현 : 박완서

박완서. 『그해 겨울은 따뜻했네』(1982), 세계사, 2012.

_____. 「그의 외롭고 쓸쓸한 밤」(1983), 『그의 외롭고 쓸쓸한 밤: 박완서 단편소설전집3』, 문학동네, 2014.

_____. 「재이산」(1984), 『저녁의 해후: 박완서 단편소설전집 4』, 문학동네, 2014.

_____. 「비애의 장」(1986), 『저녁의 해후: 박완서 단편소설전집 4』, 문학동네, 2014.

김승경. 「1980년대 이산가족 영화에서 드러나는 가족주의 양상」, 『동아시아 문화연구』 55, 2013.

문화. 「이산가족 소설에 나타난 한국사회의 욕망과 위선: 박완서, 『그해 겨울은 따뜻했네』를 중심으로」, 『현대소설연구』 77, 2020.

황광수. 「민족문제의 개인주의적 굴절: 박완서 장편소설 『그해 겨울은 따뜻했네』」, 『창작과 비평』 15(3), 1985. 10.

7강 _ 성공 서사에 대한 반성 : 신경숙

신경숙. 『외딴방 1』, 문학동네, 1995.

_____. 『외딴방 2』, 문학동네, 1995.

_____. 「겨울우화」, 『겨울우화』, 문학동네, 2012.

_____. 「외딴 방」, 『겨울우화』, 문학동네, 2012.

계간 『문학동네』 편집위원. 「계간 『문학동네』를 창간하며」, 『문학동네』 창간호, 1994.

박승호. 『한국 자본주의 역사 바로 알기』, 나름북스, 2020.

앤더슨, 베네딕트. 『상상된 공동체』, 서지원 역, 길, 2018.

조세희. 『난장이가 쏘아올린 작은 공』, 이성과 힘, 2000.

8강 _ 출구 없는 세계에 갇힌 밀레니얼: 김사과

김사과. 「정오의 산책」(2008), 『02』, 창비, 2010.

_____. 「매장」(2009), 『02』, 창비, 2010.

_____. 「더 나쁜 쪽으로」(2011), 『더 나쁜 쪽으로』, 문학과 지성사, 2017.

_____. 「박승준씨의 경우」(2011), 『더 나쁜 쪽으로』, 문학과 지성사, 2017.

_____. 「카레가 있는 책상」(2015), 『더 나쁜 쪽으로』, 문학과 지성사, 2017.

_____. 『N. E. W.』, 문학과 지성사, 2018.

_____. 『0이하의 날들』, 창비, 2016.

너스바움, 마사. 『혐오와 수치심』, 조계원 역, 민음사, 2015.

발자크, 오노레 드. 『고리오 영감』, 이동렬 역, 을유문화사, 2010.

슈트렉, 볼프강. 『조종이 울린다: 자본주의라는 난파선에 관하여』, 유강은
     역, 여문책, 2018.

피케티, 토마. 『21세기 자본』, 장경덕 외 역, 글항아리, 2015.

찾아보기